SIDDHARTHA

eine indische dichtung

悉達多

一首印度的詩

流浪者之歌

赫曼·赫塞 Hermann Hesse｜著　姜乙｜譯

導讀

我第一次拿到《悉達多》這本書，要回溯到一九六七年的時候。我當時二十歲，父母親把我送進了精神病院。女朋友寄了這本書給我，還記得有人讓我坐在床上，動作緩慢地拆開棕色的外包裝。太多鎮靜劑令我昏昏沉沉的，第一眼看見書的封面，上面是朵純白的睡蓮慵懶地在河面上歇息，我還記得心中疑惑：「赫曼．赫塞是誰？」我從沒聽說過這個人，更對這本書為我那個世代帶來的巨大影響一無所知。但既然女朋友把這本書寄來了，他應該是個重要的人吧。才剛這麼想，就跌進了無夢的沉眠中。

醒來的時候，午後明亮的陽光已離去，我發現自己在病房裡，盯著天花板的縫隙看。屋外駛過的汽車燈光有時會點亮房間，而我緩緩記起床邊這本書的存在。

打開書前，我以為我知道這本書是關於什麼的，但才讀了前面幾頁，就驚訝不已。原本以為是一個關於聖人的故事，沒想到悉達多內心的騷動不安都太過人性了。我天真地問自己：「一個最終開悟的人，內在居然有這麼多晦暗的情感，這麼多恐懼？」在這裡，我面前的是個掙扎著反抗父親權威的故事，更重要的是，反抗社會強加給他的命運。我從未想像過，這樣一個人的心裡會有不滿與反叛生長著。

悉達多被樹立成榜樣。所有人都覺得他會成為一個真正的婆羅門，依循父系宗族獻身傳道。但他的心感覺到，神聖教義中的一些什麼佚失了，而出發並靠自己找到真正道路的呼喚愈發強烈。這股躁動不安，我再熟悉不過了；意識到這件事之前，我早已淹沒在這個故事裡，熱切地想跟著悉達多踏上旅程。我的身體雖然關在小房間裡，心靈卻在印度滿布煙塵的道路穿行；就如他的好友喬文達一般，我決定順從內心渴望求道的騷動。

我不知道，在我房間的鐵窗外頭，這本書擾動了整個世代的激情。它與我躁動的靈魂對話，也用同樣方式和整個西方世界許多充滿理想的青年男女對話。即使這本書在一九二〇年代完成，一九五〇年代在美國出版，但到一九六〇年代才真正發揮影響力。

這本書簡約的散文式風格與叛逆的角色，映照了一個世代尋找出路的渴望，渴望擺脫社會規範、物質主義、外在力量。在這個世界，我們看見了政府的謊言連篇，領導者也無法提出真正的解決方案，《悉達多》出現了，並成為一種象徵，象徵著一群追求真理的人，而他們追尋的是自己的真理。在我所屬世代的幾十年前，赫塞已經感覺到我這一代，甚或未來世代，這些年輕世代想要看清前面道路那股躁動不安、那種發自本能的必然；而這種必然就是我們每個人都要主張那是真實且應當屬於我們自己的東西：我們的生命。

在熱愛追尋自我的動力驅使下，作者寫完這部小說前，得要自己經歷過一連串的體驗。在創作期間他和朋友的書信中，承認了這項任務的艱鉅。的確，第一部的主題是掙扎與自我懷疑，對他來說比較容易，第二部就困難多了。因為第二部講的是悉達多——這個名字在梵文是指「達成目標的人」——開悟的歷程。一個作家該如何訴說他自己也從未經驗過的主題？如何在全然陌生的感覺中放置詞語？是赫塞堅持的毅力和浸淫投身在佛陀的教誨中，讓他創作出這智慧的結晶。

不過回在一九六七年，我對這一切都一無所知。讀完這本書的幾天後，我從精神病院被放了出來。我還記得那天早上，從外頭看著先前住的房間鐵窗的時候，陽光燦爛。我想起，裡面據說是瘋子的某些人曾經私底下跟我說，他們決定把將自己關在這個世界之外，因為對他們來說，這個世界太難應付。然後我又想起悉達多，他投入生命極核心的的部分，想盡辦法去找尋自己的道路。那天早上我深深吸了一口氣，這個深呼吸遍尋了世界上所有的氣味，我向自己許諾：我選擇生命。

保羅．科爾賀*（Paulo Coelho）

（墨丸／譯）

---

* 一九四七年生於巴西里約熱內盧。拉丁美洲最具影響力的作家之一，讀者群包括學生、販夫走卒、巴西總理及其政敵。他的小說不僅榮獲多項國際大獎，同時也長期位居巴西暢銷書排行榜，以及美國《出版者週刊》排行榜等。其代表作《牧羊少年奇幻之旅》被譯成多國語言，暢銷世界一千萬冊，並被法國文壇喻為足以和《小王子》一書並駕齊驅，影響讀者心靈一輩子的現代經典。

哪裡都是一樣的
——一個求道者的自由

我朝相反的方向走去

一九七一年，台灣退出聯合國，保釣運動如火如荼。海外留學生對國民黨非常不滿，覺得政府很窩囊。

那年，我父親被派到美國考察，母親隨行，我從愛荷華陪他們到紐約。

有一天下午，政府組織的示威活動，要到聯合國總部抗議遊行。我說我不要去。我母親說，大家都知道你在紐約，這樣不好，你還是去吧。

我跟他們去了。車子到聯合國廣場時，領事館的人來接。我就跟父母親說，等一等結束了我來接你們。

他們愣了一下，就被人帶往廣場那邊。我朝相反的方向走。走過一條街，聽到許久沒聽過的國歌響起來。我停住腳楞住了。然後，亂七八糟在街上走來走去。

半小時後，我去接他們。抗議活動已經結束，人也散了，東河的風吹著，破掉的紙國旗在地上滾來滾去。

那天本來說好，遊行後要帶他們去帝國大廈。我趕快去帝國大廈找人。天黑了，看台上沒有人。曼哈頓萬家燈火。我找不到初次到紐約的父母親。

慌張，焦慮，回到飯店。母親開的門：「啊你呷飽未？」

兩位老人家從未跟我談過這件事。在那「造反有理」年代長大的我往相反的方向走去，愈走愈遠，讓父母擔驚受怕。直到晚年，他們才鬆了一口氣。父親常向人自我介紹：「我是林懷民的爸爸。」那時，我總要想起母親關切的：「啊你呷飽未？」

自由

二十五歲那年，我揹著背包，從美國繞道歐洲回台灣。沒行程，亂亂走，莫名其妙到了葡萄牙海邊，一個叫作潟湖的地方。無際的藍色大海。在一個懸崖上面，一個草棚子裡，漁民烤了新鮮的沙丁魚，給了兩片檸檬，一杯水。那是我吃過最好吃的東西。

那是我自由之身。在沒有雲門的時代。

哪裡都是一樣的

菩提伽耶大覺寺。晚上九點，廟清場了，信徒魚貫而出。背後有一個人問我，您是台灣來的嗎？

我轉過身，是一個喇嘛，卻講著漂亮的普通話。我非常驚訝，回說，是呀，您哪裡來的？他說，山東。

山東人當喇嘛，這有點奇怪。我開始跟他聊天，請他到路旁茶座喝茶。

印度北方的一月天，很冷。

我說你是山東人，為什麼出現在這裡？他說，因為想去西藏當喇嘛，所以用幾年時間流浪、打工，終於到了拉薩，進了寺廟，負責在廚房煮東西，這讓他有飯吃，但他不隸屬任何仁波切，在僧團裡沒有身分。

幾年後，決定去印度謁見達賴喇嘛，他從西藏邊界走走走，快到尼泊爾時被解放軍攔下，送回去關了一年。出來後又繼續走，再度被捕，又關一年。第三次他成功穿越國境，到了印度。

他帶著一個十幾歲，有點低智的小喇嘛，從德蘭薩拉來到菩提伽耶參加法會。他們一路幫人頌經祈福，賺點小錢，有錢坐巴士，要不就走路。這一程，走了兩個禮拜。

我問他，你見過達賴喇嘛了？他說見過了，挺好的，也待了一陣子。

那麼，接下來想幹嘛？他說想回西藏。

回去不是會被抓起來嗎？

他跟我說，林先生，在哪裡都是一樣的。

告別時，我塞一點錢給他，他推了一陣子。我說請他為大家祈福，他才收下。

走了幾步，我回過頭去看他。只見他把桌子弄乾淨，躺在那上面，把那單薄的袈裟蓋到身上，準備睡覺了。他真的是在哪裡都一樣。

他是我的上師。

林懷民

（引自《打開雲門》的〈林懷民的人生辭典．說舞，說人生〉第三十～三十一頁）

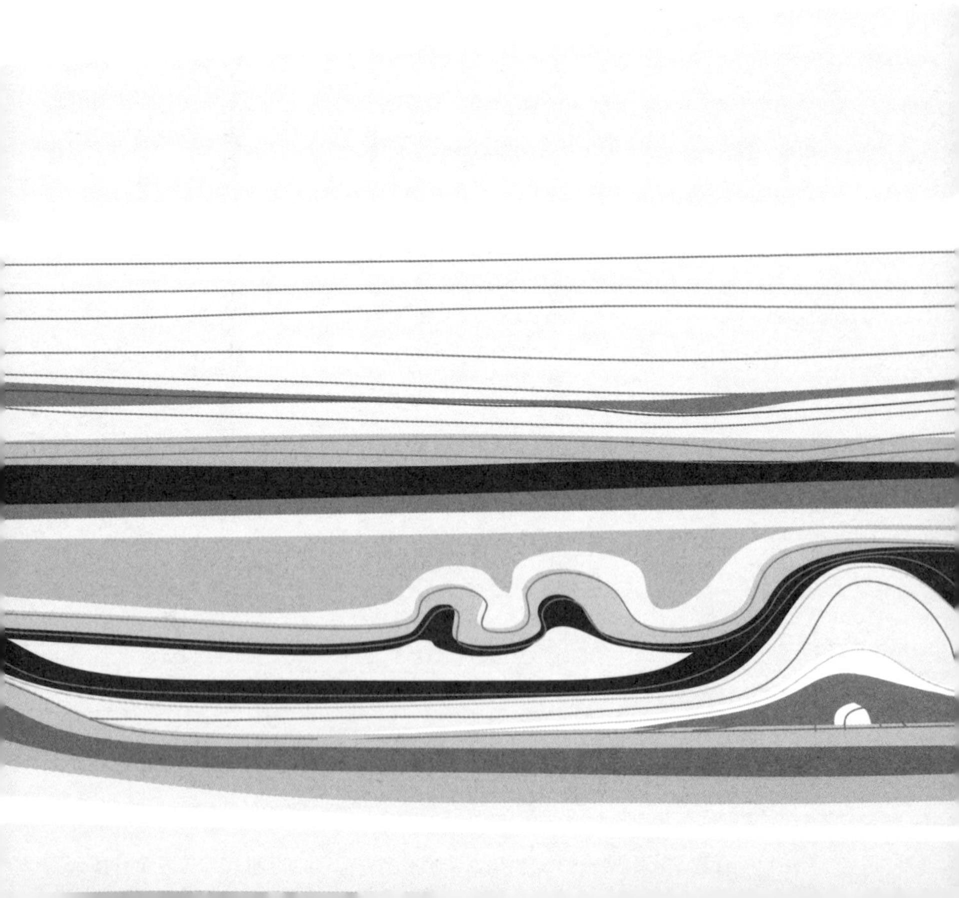

第一部

獻給我敬愛的朋友

羅曼·羅蘭

婆羅門之子

Der Sohn Des Brahmanen

悉達多，俊美的婆羅門[1]之子，年輕的鷹隼，在屋舍陰涼處，在河岸船旁的陽光中，在娑羅雙林和無花果樹的濃蔭下，與他的好友，同為婆羅門之子的喬文達一道長大。他淺亮的臂膀，在河邊沐浴時，在神聖的洗禮和祭祀中，被陽光曬黑。芒果林的樹影，在孩童嬉戲間，在母親的歌聲裡，在智慧父親的教誨中，在至高無上的牲禮上，潛入他的黑眸。悉達多早已加入智者的交談。他和喬文達一道修習辯論，修習參禪的藝術及冥想的功夫。他已學會無聲地念誦「唵」[2]這一辭中之辭，無聲地、聚精會神地在呼吸間吐納這辭。這時，清明的心靈之光閃耀在他的前額。他已學會體認內在不朽的阿特

1 Brahmana，婆羅門，印度社會階級制度中的階級之一。為最高種姓，祭祀貴族，掌管宗教。是古印度知識核心群體。

2 Om，古印度人在頌詠吠陀，即知識和啟示時，開頭和結尾的感歎詞，並在奧義書中被神聖化。

曼[3]，同宇宙合一。

歡喜湧上他父親的心頭。這個善悟而渴慕知識的兒子將成長為偉大的賢士和僧侶，成長為婆羅門中的王。

母親看見兒子落座，起身；看見悉達多，她強壯英俊、四肢修長的兒子，以完美的禮儀向她問安，幸福便在胸中躍動。

年輕的婆羅門女兒們看見悉達多以王者之姿走過城中街巷，額頭清朗，背影頎長，心中不免泛起愛情的漣漪。

而最愛他的人是喬文達。他愛悉達多的目光和仁慈的嗓音；他愛他的步態，他行動時的優雅完美。他愛悉達多的一切言行，但更愛他的精神，他崇高激昂的思想、強大的意志和高貴的使命感。喬文達知道：悉達多不會成

3 Atman，自我，神我。

為卑劣的婆羅門，腐敗的祭司，貪婪施咒的商販，虛榮空洞的辯術士；他也不會成為邪惡奸詐的僧侶，信眾中善良愚蠢的羔羊。不，即便是他喬文達也不願成為那樣的人。他不想做千萬庸碌的婆羅門中的一員。他要追隨他，為人擁戴而神聖的悉達多。他要追隨他，當悉達多成了神，抵達無量光明的世界，他仍要做他的朋友，他的隨從，他的僕人，他的侍衛，他的影子。

所有人都熱愛悉達多。悉達多令所有人喜悅。所有人都對他興致勃勃。

可是他，悉達多，卻無法讓自己喜悅，無法讓自己略有興致。他在無花果園的玫瑰小徑上漫步，在幽藍的樹影下靜思，在救贖池中每日潔淨身體，在芒果林濃蔭匝地處獻祭。他優雅完美的舉止討人歡心，令人賞心悅目，可他心中卻並無喜悅。夢境侵襲他，無盡的思緒從河流中湧出，在繁星中閃耀，自太陽的光輝中灑落；當祭祀的煙火升騰，《梨俱吠陀》[4]的詩句瀰漫，當年長的婆羅門和智者的教誨不絕於耳，悉達多的靈魂悸動不安。

悉達多心中的悵然一日勝過一日。他開始感到，父親的愛，母親的愛，他的朋友喬文達的愛，都不會一直帶給他幸福、安寧和滿足。他開始感到，他可敬的父親和其他智慧的婆羅門已將他們大部分思想傳授給他，而他依舊靈魂不安，心靈不寧。他充滿渴望的精神容器仍未盛滿。洗禮雖善，但那只是水，不能洗滌罪孽，滿足焦渴的靈魂，撫慰畏懼的心靈。向諸神獻祭和祈禱固然好——但這即是一切嗎？獻祭能帶來幸福嗎？諸神又當如何？創世

4 *Rig-Veda*，頌神詩集。「梨俱」意為詩節。印度上古時代稱為吠陀時代。「吠陀」也意為「知識」、「啟示」。吠陀本集約產生於西元前十五世紀至西元前十世紀，共分《梨俱吠陀》、《娑摩吠陀》、《夜柔吠陀》和《阿達婆吠陀》四部。

的果真是生主[5]而不是阿特曼？那唯一的、孤獨的阿特曼？諸神不是形同你我？他們被創造出來，同樣受限於光陰，同樣命運無常，終有一死？那麼向諸神獻祭，是善和對的、明智和高尚的作為嗎？除了阿特曼，還有誰值得去獻祭，去尊崇？可阿特曼在哪裡？去哪裡找它，何處是它的居所？它永恆的心房在何處跳動？難道不是在內在的「我」中，在每個人堅不可摧的內心深處跳動嗎？然而這「我」，這深處，這最終的阿特曼在哪裡？它不是筋骨和肉體，不是思想和知覺，如智者們教誨的那樣。它在哪裡？哪裡另有一條迫近「我」，迫近內在，迫近阿特曼的路？一條更值得尋找的路？啊，沒人能指明這條路。沒人認得它。不論父親、老師還是智者。即便在頌神祭歌中也無從尋得。哪怕婆羅門及其神聖之書包羅萬象：創世、語言的起源、飲食、

5　Prajapati，創造主，造物主。

呼吸、感官秩序，諸神的作為——它確實極為淵博——但它如果不知曉那最重要的、唯一的東西，瞭解上述這一切又有何意義？

的確，神聖之書中許多精彩的篇章，特別是《娑摩吠陀》[6]奧義書[7]中的詩句，曾論及這種最深處的終極之物。它寫道：「彼之靈魂即整個宇宙」；它還寫道，人在酣眠時便進入內心深處，住在阿特曼中。這些富有魔力的詩句，集世代聖賢思想之大成，蘊含驚人的智慧，如蜜蜂採集的蜂蜜般純粹。不，這些由無數智慧的婆羅門傳承者搜集保存下來的智識不容忽視。然而那些不僅領悟，還踐行這深奧知識的婆羅門，僧侶、聖賢和懺悔者在哪裡？那些熟諳之人，那些不僅在酣眠中，也在清醒時，在實在的現實裡，在言語和行動中住在阿特曼中的人在哪裡？悉達多認識許多可敬的婆羅門，首先

6 *Samaveda*，頌神歌曲集。
7 *Upanisad*，古印度哲學典籍。這一名稱的原意是「坐在某人身旁」，蘊含「密傳」之意。

是他的父親。他純粹、博學，德高望重。他舉止沉靜高雅、生活質樸、言語練達，頭腦中充滿高貴的思想——但如此淵博的父親，就能擁有內心永恆的幸福和平靜嗎？他不也同樣是位渴望者、探索者？他同樣要不斷去聖泉邊痛飲，去獻祭，去閱讀，去同其他婆羅門探討。為何這位無可指摘的人要每日洗滌罪孽？每日忙於清潔，每日更新？難道阿特曼沒在他心中，成為他的心之源泉嗎？人必須找到它。內在「我」之源泉，必須擁有自己的阿特曼！其他一切都只是尋覓、走彎路和誤入歧途。

這就是悉達多的想法，也是他的渴望，他的痛苦。

時常，他默誦《歌者奧義書》[8]中的句子：「誠然，梵[9]即真理——頓悟

---

8 *Chandogya-Upanishad*，奧義書之一種。散文體。產生於約西元前七八世紀至前五六世紀。

9 Brahman，在奧義書中指稱至高存在或至高自我，即宇宙自我。

真理之人日日前往天國世界。」[10]時常，他感到天國近在咫尺，又無法完全構及。他終極的焦渴從未平復。在所有教誨過他的聖賢和智者中，也沒有一人完全抵達過天國，完全消除過永恆的焦渴。

「喬文達，」悉達多對他的朋友道，「喬文達，親愛的，跟我一起去榕樹下吧！我們該潛心冥想了。」

他們走到榕樹下打坐。這邊是悉達多，二十步之外是喬文達。悉達多做好念誦「唵」的準備後，便喃喃反覆道：

唵為弓，靈為箭，
梵乃箭之靶，

10 本句參《奧義書》（黃寶生譯。自由之丘，二〇一七年）之《歌者奧義書》(8.3.4-5)：「……這是自我。它不死，無畏，它是梵。這個梵，名為真實。……知道這樣，他就能天天前往天國世界。」

當不懈地射中它。

慣常打坐時間結束後，喬文達起身。夜幕降臨，晚間沐浴的時辰到了。喬文達呼喚悉達多，悉達多並未應答。他仍沉浸在冥想中，眼睛凝視著遙遠的目標，舌尖輕抵齒間，似乎靜止了呼吸。他坐著，潛神冥思著「唵」字，靈魂之劍直指大梵。

那時，三位沙門[11]經過悉達多所在的城邑。他們是去朝聖的苦行者，不老也不年輕。憔悴、消瘦，幾乎全裸的身軀被陽光暴曬得焦黑，塵埃和血跡布滿肩頭。他們是人類王國的異鄉人，骨瘦如柴的胡狼。孤獨、絕塵，與世界為敵。一種由無聲的激情、不惜一切去獻身、無情的肉體滅絕構成的灼熱

11 Samana，原為古印度宗教名詞，泛指所有出家、修行、苦行、禁欲，以乞食為生的宗教人士，後為佛教所吸收，成為佛教男性出家眾（比丘）的代名詞，意義略同於和尚。

氣息迴旋在他們周身。

晚上，冥想時間後，悉達多對喬文達道：「明日一早，我的朋友，悉達多將加入沙門的行列。他將成為一名沙門。」

喬文達聽後臉色頓白。他從朋友不動聲色的容顏上讀出決絕。他的決心已似開弓之箭。喬文達意識到：時候到了，悉達多要去走自己的路。他的命運即將萌發。不僅是他的，也是他喬文達的命運。此時，他的臉色如同乾枯的芭蕉殼，愈發蒼白。

「哦，悉達多！」他喊道，「你父親會允許嗎？」悉達多望向喬文達，覺醒的眼光迅捷如箭般看穿喬文達的心思、他的恐懼和他的默許。

「哦，喬文達，」他輕聲道，「我們不必浪費口舌。明日破曉，我即開始沙門的生活。無須再談論了。」

悉達多走進屋舍時，父親正坐在樹皮編織的席子上。悉達多站在父親身後，直至父親有所察覺。「是你嗎？悉達多。」這位婆羅門道，「說吧，你為何事而來。」

「您允許的話，我的父親。」悉達多道，「我來，是為跟您說，我懇請明天離開您的家，加入苦行者的行列。我渴望成為一名沙門。希望您不會阻撓。」

婆羅門沉默良久。星星攀上窗際時，屋內仍寂靜無聲。兒子交叉雙臂紋絲不動地站著，一言不發。父親也紋絲不動，一言不發地坐在席子上。唯有星斗在空中挪移。這時，父親道：「婆羅門是不該有激烈和惱怒的言辭的。但我心中確有不快。從你口中，我不想再聽到這一請求。」

婆羅門說畢，緩慢起身。悉達多依舊交叉雙臂，紋絲未動。

「你還在等什麼？」父親問。

「這您知道。」悉達多答。

父親氣憤地走出房間，氣憤地走去他的床鋪躺下身來。

一小時後，無眠的婆羅門起身。他來回踱步，繼而走出房間。透過窗子，他看見雙臂交叉，紋絲未動，依舊佇立著的悉達多。他淺色的衣衫發著微光。父親心生不安，又踱回房間。

又一小時後，無眠的婆羅門再次起身。他來回踱步，繼而走出房間。月亮當空高懸。透過窗子，他看見依舊佇立的悉達多，雙臂交叉，紋絲未動。月華照亮他裸露的腳踝。父親心生憂慮，又踱回房間。

一小時後，兩小時後，他不斷起身。透過窗子，他瞭望月光中，星光中，黑暗中的悉達多。他默默地一次次起身，望向窗外紋絲不動佇立著的兒子。心中充滿惱怒和不安，恐懼和痛苦。

破曉前的最後一小時。他走出房間，看見佇立於眼前的少年高大而陌生。

「悉達多。」他道，「你還在等什麼？」

「您知道。」

「你打算一直這樣站著等待，直至天明，直至正午，直至夜晚嗎？」

「我會站著等待。」

「你會疲憊的，悉達多。」

「我會疲憊。」

「你會睡著的，悉達多。」

「我不會睡著。」

「你會死去的，悉達多。」

「我會死去。」

「你寧願死去，也不願服從你的父親嗎？」

「悉達多一向服從他的父親。」

「那你會放棄你的打算嗎？」

「悉達多會做他父親要求的事情。」

第一縷晨光照進屋舍。婆羅門看見悉達多的雙膝輕微顫慄。但他的臉沒有顫慄。他的目光專注於遠方。父親意識到，悉達多已不在他身邊。他已離開家鄉，離開他。

父親撫摩悉達多的肩膀。

「你即將步入林中成為一名沙門。」他道，「如果在林中，你尋得至高無上的幸福，就回來教我修習。如果你只收穫幻滅，那也回來，我們再一道祭奉諸神。現在，去和你的母親吻別，告訴她你的去向。至於我，清晨沐浴的時辰已到，我要去河邊了。」

他把手從兒子肩頭抽回，走出門去。悉達多試圖移步時身體打了個踉蹌。他控制身體，向父親鞠躬後，走向母親，去做父親吩咐的事。

破曉時分，當悉達多拖著僵硬的雙腿離開尚在沉睡的城邑，一個蹲伏的身影從房舍間躍出。他也要加入朝聖者的行列——他是喬文達。

「你來了。」悉達多含笑道。

「我來了。」喬文達道。

沙門

Bei Den Samanas

當晚，他們追上苦行者，向三位枯瘦的沙門請求同行，並承諾順從。他們被接納了。

悉達多將長袍送給街上一位貧窮的婆羅門。身上只繫一條遮羞布，披一件未縫的土色斗篷。他每日只進食一次，且是生食。他齋戒了十五日。他齋戒了二十八日。他的身軀和面頰日漸消瘦。因消瘦而變大的雙眼中閃爍著熱烈的幻夢。他枯瘦的手指長出長指甲，下巴生出乾枯蓬亂的鬍鬚。他遇見女人時目光冷淡，遇見城中穿著華美之人，嘴角流露出輕蔑。他見到商販經商，君侯外出狩獵，服喪者哀嚎，娼妓出賣色相，醫生救治病人，祭司定奪播種之日，情侶們相互愛撫，母親們哺乳——這一切都讓他不屑。一切都是欺騙，都散發著惡臭，謊言的惡臭。一切欲望、幸福和優美皆為虛幻。一切都在腐朽。世界是苦澀的。生活即是折磨。

悉達多唯一的目標是墮入空無。無渴慕，無願望，無夢想。無喜無悲。

「我」被去除，不復存在。讓空洞的心靈覓得安寧，在無「我」的深思中聽便奇蹟。這是他的目標。當「我」被徹底征服，當「我」消亡，當渴求和欲望在心中寂滅，那最終的、最深的非「我」存在，那個大祕密，必定覺醒。

緘默地，悉達多站在如火的驕陽下，疼痛和焦渴燃燒他。他站著，直至不再感到疼痛焦渴。雨季時，他緘默立於雨中。雨水從髮梢滴落到他凍僵的肩頭，滴落到凍僵的髖部和雙腿。這位苦行者立於雨中，直至肩膀和雙腿不再感到寒冷，直至它們麻痺。緘默地，悉達多蹲在刺藤中。灼痛的皮膚滲出血，流出膿，悉達多不為所動。他蹲著，直至不再滴血，不再感到如針戳，如火灼。

悉達多筆直而坐，修習斂息。他修習相安於微弱的呼吸中，修習屏氣。他的修習從呼吸開始，繼而修習平定心跳，避免心跳，直至心跳減緩乃至停止。

跟隨一位沙門長老，悉達多遵從沙門戒律，修習克己及禪定。一隻蒼鷺飛越竹林時，他將靈魂嵌入蒼鷺之軀。他化為蒼鷺，飛越森林和山巒，吞食鮮肉，忍蒼鷺之饑，啼蒼鷺之哀鳴，死蒼鷺之死。一匹死去的胡狼橫臥沙灘時，他的靈魂鑽進胡狼的屍身。他變成胡狼，屍體膨脹、發臭、腐爛，被鬣狗撕碎，被兀鷹啄食，成為一具骨架，化為灰，飛散在曠野中。悉達多的靈魂重新返回時，已歷經死亡、腐朽和塵化，已品嘗輪迴陰暗的醉意。他好似獵人，在新的渴望中瞄準擺脫輪迴的出口，緣起的終結之處，無憂而永恆的開端。他扼殺感官，毀滅記憶。他從「我」中溜走，融入陌生的萬物中。他是動物，是屍身，是石，是木，是水。但他總是重新出定，在陽光下或月光中重歸於「我」，在輪迴中打轉，重新覺察到渴望。他壓制渴望，又收穫新的渴望。

悉達多從沙門處學到很多。他學會諸多克己之方法。他通過受苦，志願受苦和戰勝疼痛、飢餓、焦渴和疲憊，走向克己。他通過禪定，通過在一切表象前心神凝定走向克己。他學會諸多修煉之道。他曾千百次擺脫「我」。他曾整時整日停駐在無「我」中。這些修行均從「我」出發，終點卻總是回歸於「我」。儘管悉達多千百次棄絕「我」，逗留在虛無中，化為動物、石頭，回歸卻不可避免。重歸於「我」無法擺脫。在陽光中、月華下，在遮蔭處和雨中，他重新成為「我」，成為悉達多，重新忍受輪迴賦予的折磨。

喬文達，他的影子，和他生活在一起，也走了同樣的路，付出同樣的艱辛。他們在修習和獻祭時鮮有交流。偶爾，兩人得以同去村落為自己和師父們乞食。

「你怎麼看，喬文達？」在一次乞食途中，悉達多問，「你認為我們有進步嗎？我們實現了目標嗎？」

喬文達答：「我們學了不少。我們依然在學。你將成為偉大的沙門，悉達多。沙門長老常常讚嘆，你學什麼都快。你將成為聖人，哦，悉達多。」

悉達多道：「我並不這麼看，我的朋友。至今我在沙門處學到的東西，喬文達，我本可以更快更便捷地學到。在花街柳巷的酒館裡，我的朋友，在腳夫和賭徒處，我都能學到。」

喬文達道：「悉達多你是在和我說笑。你怎麼可能在那些貧乏者中學會禪定，學會屏息斂氣，學會忍受飢餓和痛苦？」

悉達多輕聲道，彷彿自言自語：「禪定是什麼？什麼是脫離肉體？齋戒是什麼？什麼是屏息斂氣？那不過是逃避『我』，是暫時從『我』的折磨中逃出來，是對生命的虛無和痛苦的暫時麻醉。這種逃避、麻醉，即便是驅牛者也能在客棧中找到。他只消喝上幾杯米酒或發酵的椰子奶就能忘掉自己。他將感受不到生活的痛苦，他被暫時麻醉，在米酒的杯盞間昏沉入睡。他同樣能獲得悉達多和喬文達通過長久修習才獲得的棄絕肉體與停留在無『我』

中的感受。就是這樣，喬文達。」

喬文達道：「你這樣說，哦，朋友，你當然知道，悉達多不是驅牛車夫，沙門也不是酒鬼。酗酒者可以被麻醉，他可以獲得短暫的逃避和休憩，但當他從幻覺中醒來時會發現一切依舊。他沒有成為智者，沒有積累知識，也沒有進入更高的境界。」

悉達多含笑道：「我不知道。我從不是酒鬼。但是我，悉達多，在修習和禪定中只收穫短暫的麻醉。我仍似一個在子宮內的嬰孩，距離開悟、解脱十分遙遠。這我知道。喬文達，這我知道。」

另一次，悉達多和喬文達一同走出森林，去村落為兄長和師父乞食。悉達多開口道：「那麼，喬文達，我們走對了路嗎？我們離知識近了嗎？離解脱近了嗎？抑或我們不過是在原地打轉——我們原本不是要擺脱輪迴嗎？」

喬文達道：「我們學了很多，悉達多。許多還需修習。我們沒有打轉，我們在攀登，打轉如同陀螺，我們卻已升了幾級臺階。」

悉達多問：「你認為我們景仰的師父，那位沙門長老多大年紀？」

喬文達答：「我猜他六十歲。」

悉達多道：「他已六十歲，依然沒有證悟涅槃。他將七十歲，八十歲；你和我，我們也同樣會變老，也將繼續修習、齋戒、冥想。但我們不會證悟涅槃。他不會，我們也不會。哦，喬文達，我想，可能所有沙門都無法證悟涅槃。我們只尋得安慰、麻醉，我們只學了些迷惑自己的把戲。我們根本沒有找到那條道中之道。」

「別這麼說。」喬文達道，「不要聳人聽聞，悉達多！這眾多熱忱、勤奮、聖潔的智者，婆羅門，眾多嚴謹可敬的沙門，眾多孜孜以求者，難道都尋不到那道中之道嗎？」

悉達多的聲音飽含悲痛和嘲諷。他飽含悲痛和嘲諷地輕聲道：「不久，喬文達，你的朋友將離開這條與你並肩走過的沙門之路。我忍受焦渴，哦，喬文達，在這條路上，我的焦渴沒有獲得絲毫緩解。我一直渴慕知識，充滿疑惑。年復一年，我求教婆羅門，求教神聖的吠陀。年復一年，我求教虔誠的沙門。年復一年。或許，喬文達，或許我去求教犀鳥或黑猩猩也同樣受益，同樣獲得才智，同樣奏效。長久以來我耗費時間，現在仍未停止耗費，只為了獲悉，哦，喬文達，人無法學會任何東西！我想，萬物中根本沒有我們稱之為『修習』的東西。哦，我的朋友，只有一種知識，它無處不在，它就是阿特曼。它存在於『我』中，存在於『你』中，存在於一切中。因此我開始相信：這種知識最惱人的敵人莫過於求知欲和修習。」

喬文達停步，舉起雙手道：「悉達多，不要說這些話嚇唬你的朋友！的確，你的言論讓我恐懼。想想看，如果如你所云，根本不存在『修習』，那祈禱的神聖，婆羅門種姓的榮耀和沙門的虔敬將被置於何地！哦，悉達多，這世間一切聖潔寶貴和令人崇敬的東西又都成了什麼哪？」

說罷，喬文達喃喃誦念奧義書中的詩行：

以深思之精神，純粹之精神，
沉浸於阿特曼中之人，
胸中之極樂難以言表。

悉達多沉默不語。他久久思索著喬文達的話，一字一句地思索他的話。

悉達多垂首佇立。是的，他想，還剩下什麼？什麼能彰顯神聖？什麼能留下來？什麼能經受考驗？他搖了搖頭。

彼時，兩位青年已於沙門處生活並苦修了幾近三年。他們從多方獲悉一則傳聞，一則流言：一個叫喬達摩的人現世了，他是世尊佛陀。他已戰勝塵世疾苦，止息轉生之輪。他傳經授業，弟子眾多。他雲遊四海，沒有財產，沒有家室，他是一位明賢智慧、身披僧衣的苦行者，一位得道之人。婆羅門和君侯們都頂禮膜拜他，皈依為他的弟子。

傳聞和流言沸沸揚揚。城中婆羅門、林中沙門無不談論此事。喬達摩，佛陀的名字不斷迴響在青年耳畔。有善言有惡語，有讚譽也有誹謗。

正如瘟疫肆虐時必定傳言四起：有個人，一位聖賢、先知，他的言辭和氣息就能治癒病患。傳言傳遍全國，人人談論。有人深信，有人懷疑，而有人已去追隨聖賢和救星的足跡。喬達摩，佛陀，釋迦宗族智者的傳說就這樣傳遍全國。信眾說：他智慧絕倫，記得前世，他證悟了涅槃，擺脫了輪迴之苦，無須再浸沒於萬物濁流。傳說精彩，聞所未聞：他行神蹟，降妖孽，他和諸神交談。而他的敵對者和懷疑者則說：這位喬達摩不過是位自命不凡的騙術士；他奢靡度日，蔑視獻祭，不學無術；他絕非潛心修行、清心寡欲之人。

關於佛陀的傳說華美而散發魔力。世界病入膏肓，生命不堪重負——可是看！這裡湧出一眼清泉，此處迴響天人召喚。滿是撫慰，令人振奮，滿是高貴的承諾！有關佛陀的傳說無所不在，國中青年熱中此事，他們充滿渴望，懷抱期盼。朝聖者和外鄉人也在城邑和村落受到婆羅門後裔的款待，只要他們帶來世尊釋迦摩尼的消息。

傳聞也傳入林中沙門耳中，傳入悉達多和喬文達耳中。傳聞像零星小雨，緩慢滴落，每滴都帶著巨大的希望，每滴都令人難以置信。沙門們很少談及此事，因為沙門長老對此人全無好感。他聽說這位所謂佛陀曾是一名沙門，生活在林中，之後又回到奢靡無度和尋歡作樂的塵俗中，為此他根本不把這位喬達摩放在眼裡。

「哦，悉達多，」一日，喬文達對他的朋友說，「今天我去村落，一位婆羅門邀我去他的宅邸。在他的宅邸裡我遇見一位剛從摩揭陀[12]回來的婆羅門後裔。此人親眼見過佛陀，親耳聽過佛陀宣法。真的，我胸中的痛苦讓我不得透氣，我暗自想：難道我，難道我們倆，悉達多和我，不該去親身經歷、親耳聽聞這位修得圓滿的世尊宣法嗎！你說，我的朋友，難道我們不該去親耳聆聽佛陀的法義嗎？」

悉達多道：「一直以來，喬文達，我都認為，喬文達會留在沙門中。我一直相信，他的目標是活到六十歲、七十歲，不斷從事那些沙門們用來裝點門面的修習和技藝。可是你看，我對喬文達瞭解甚少。我對他的心思還沒看透。原來你也想，我最忠誠的朋友，走一條新路，去聆聽佛陀宣法。」

喬文達道：「你依舊喜歡嘲諷。你儘管嘲諷我，悉達多！難道你心中沒

12 Magadha，中印度之古國。佛陀一生中大部分時間在摩揭陀度過。

有萌生去聆聽這位覺者宣法的渴望和欲念嗎？你不是曾和我說過，你不會在沙門之路上久留嗎？」

悉達多以他特有的方式笑了。他的笑聲裡一半是悲痛，一半是嘲諷。他道：「很好，喬文達，你說得很好。你記得也沒錯。但願你還記得從我這裡聽到的其他話：我已對法義和修習感到懷疑和厭倦。我不再信仰聖賢的言辭。但是好吧，親愛的，我打算去聆聽那人的法義——儘管我堅信，我們已品嘗過這法義中最好的果實。」

喬文達道：「你的決定讓我歡喜。但是你說，這怎麼可能？我們怎麼可能還沒聆聽喬達摩宣法，就品嘗了它最好的果實？」

悉達多道：「讓我們享用這果實，並繼續期待。哦，喬文達！無論他是否還有其他更好的賜予我們，現在，我們就該因著這果實而感謝喬達摩，是他召喚我們離開沙門！哦，朋友，我們靜心期待吧。」

當天，悉達多便告知沙門長老，他們決定離開。他的禮貌和謙遜符合後輩和弟子的規矩，可沙門長老卻因為兩位青年要離開而大發雷霆。他高聲叫嚷，甚至破口大罵。

喬文達驚恐異常，陷入窘境。悉達多卻湊到喬文達耳邊低語道：「現在我要向沙門長老展示我在他那裡學到的絕技。」

他一邊湊到沙門長老跟前站定，屏氣凝神，一邊目不轉睛地注視長老的雙眼。他要施以法術，讓他無法發聲，喪失意志，屈服於他並聽命於他。老沙門真的沉默了。他呆若木雞，意志癱瘓，雙臂下垂，在悉達多的法術下無能為力。悉達多的思想強占了老沙門的思想，他不得不執行悉達多的指令。但見他頻頻鞠躬，以祈神的姿態結巴著祝福他們旅途平安。兩位青年也鞠躬致謝，回以祝福，啟程離去了。

途中，喬文達道：「哦，悉達多，你在沙門那裡學到的東西比我知道的還要多。向一位沙門長老施展法術並非易事，可以說非常難。真的，如果你再留在那裡一陣，你很快就能學會在水面行走。」

「在水面行走並不是我的追求。」悉達多道，「還是讓那些沙門老朽為這些把戲沾沾自喜吧！」

喬達摩

Gotama

舍衛城[13]中的每個孩子都知曉世尊佛陀的大名。家家戶戶都預備著布施默默乞食、手托缽盂的喬達摩弟子。喬達摩最愛棲身城外的祇樹給孤獨園[14]。該園由一位富庶的商人，也是世尊忠誠的追隨者，給孤獨[15]敬獻。

兩位朝拜喬達摩的青年沙門，一路探詢到達此地。他們入了舍衛城，便即刻在第一間屋舍外站立乞食。受到款待後，悉達多問那位施捨齋飯的婦人：

「仁慈的女施主，我們很想知道世尊佛陀的下落。我們是林中來的沙門，希望見到這位覺者，希望聆聽他親口宣法。」

---

13 Sravathi，古印度佛教聖地。

14 Hain Jetavana，佛陀宣法的著名遺跡，位於尼泊爾南境，是佛教史上最具傳奇色彩的聖地。據說佛陀在這裡度過了二十四個雨季。

15 Anathapindika，佛陀的第一位施主。他的名字的意思是施給（pinda）孤獨無助者（anatha）。

婦人道：「林中來的沙門，你們到了此處，就是來對了地方。世尊居住在給孤獨長者的衹樹給孤獨園中。你們可以在衹園過夜，那裡有足夠的空間，供紛至沓來聆聽法義的朝聖者留宿。」

喬文達喜出望外，他歡叫道：「這可是大好！我們抵達了目的地，我們的路途已至終點！請告訴我們，這位朝聖者的母親，您是否認識他，那位佛陀，可否親眼見過他？」

婦人道：「我曾多次見過佛陀。我多次見他行遊街市，沉默寡言，身披僧衣。他緘默地駐足於屋舍前，以手承缽，並托著盛滿齋食的缽盂離去。」

喬文達聽得入迷，還想繼續提問，聽更多關於佛陀的軼事。但悉達多催促他繼續趕路。於是他們致謝後上路。幾乎不用再詢問方向，在趕往衹園的路上有眾多喬達摩僧團的徒眾和朝聖者。夜晚抵達後，仍有眾多僧俗陸續到來。一些人叫嚷著，請求分得留宿之處。兩位沙門，習慣荒林叢莽生活，很快無聲落定棲息，直至天明。

日出時分，他們驚訝地發現，在此過夜的徒眾和好奇者眾多。著僧衣的僧侶穿梭於壯麗的祇園各處。他們三五成群，或坐於樹下深入禪定，或談經論道。綠樹成蔭的院落宛如一座城池，擠滿熙來攘往的人們。多數僧侶正手托鉢盂外出，他們要進城為每日唯一的一餐乞食。覺者佛陀也在清晨外出乞食。

悉達多見到他。彷似神靈指點，他即刻認出他。他看見那位質樸無華的著僧衣者，手持鉢盂，靜默前行。

「看！」悉達多輕聲對喬文達道，「此人就是佛陀。」

喬文達目不轉睛地看著這位著僧衣的僧人，他看上去和其他僧人別無二致。旋即，喬文達也認出了他：此人便是佛陀。於是他們跟隨他，打量他。

佛陀緘默前行，陷於沉思。他寧靜的面龐無悲無喜，又彷彿從內心綻放輕柔的微笑。佛陀安詳肅靜地前行，帶著隱約的微笑，宛如一個健康的孩童。他嚴格依照規範，同他的徒眾著一致的僧衣，邁同樣的步履。只是他的面龐，他的步態，他安然低垂的眼簾，寧和垂下的手臂，乃至他手上的每根指頭都流露和平，彰顯完善。他無欲滿足，無所模仿。在恆久不變的平靜中，在永不凋零的光芒中，在不容進犯的和平中，他柔和地呼吸著。

喬達摩就這樣穿過城邑乞食。兩位沙門從他完滿的安詳中認出他，從他寂靜的儀態中認出他。從他的全無所慕、渾然天成、無所煩勞中認出他。在他的周身，唯獨充盈光明與和平。

「今天，我們將聆聽至尊親口宣法。」喬文達道。

悉達多沒有作答。他對法義全無好奇。他不相信法義能帶給他新知。他和喬文達一樣，已經一再從多方管道獲取佛陀法義的宗旨。他僅僅專心致志地觀察喬達摩的頭部，他的肩膀，雙足，他垂下的雙手。他看上去彷彿每個指關節處都寫滿法義，都在言說，在吐納，在散發真理的光輝。這個人，佛陀，周身上下乃至手指都是真的。這個人是神聖的。悉達多從未如此敬重過一個人，從未如此愛慕過一個人。

兩人默默跟隨佛陀進城又返回。他們決定當天禁食。他們看見喬達摩還至本處，看見他走入弟子中用飯——他所食之少，連鳥兒都無法果腹——看見他步入芒果樹的陰影中。

夜幕降臨，酷熱消歇，祇園中的人們活躍起來，聚集在一處聆聽佛陀宣法。這時，他們聽見佛陀的聲音。那聲音美滿，安寧，平和。他論苦諦[16]，苦之緣起及其滅往何處去。他平靜的論述安詳清晰。苦乃人生實相，但離苦之道業已被發覺，跟隨佛陀即可脫離苦海。

---

16 根據對現實的深刻觀察，佛陀總結出人生的八大痛苦：生、老、病、死、愛別離、怨憎會、求不得、五蘊熾盛。世間有情悉皆是苦，有漏皆苦，即所謂「苦諦」。

世尊以柔和堅定的聲音論四聖諦[17]，講八正道[18]。他耐心地以慣常的方式講經，舉證，溫故。他的聲音明亮而安靜地盤旋在聽者上空，如光影，如星辰。

講經結束時已是深夜。一些朝聖者走上前去，請求皈依佛陀，加入僧團。喬達摩接納了他們。他道：「你們都妥善地聆聽了法義。來步入樂園，斷滅一切苦難吧。」

看哪，靦腆的喬文達也上前一步道：「我也願皈依您及您的法義。」他祈求加入僧眾並被接納。

隨後，佛陀返回安寢。喬文達走向悉達多熱忱地說道：「悉達多，我無權責備你。我們兩人都聆聽了世尊宣法，我們都認同法義。喬文達聽後已皈

17　四聖諦是佛陀體悟的苦、集、滅、道四條人生真理。
18　八正道意謂達到佛教最高理想境地涅槃的八種方法和途徑。

依佛陀。可是你，我敬愛的人，難道不想步解脫之路？你還在猶豫，還在等待嗎？」

悉達多聽到喬文達的話如夢方醒。他久久地凝視著喬文達的臉。之後絕無戲言地輕聲道：「喬文達，我的朋友，你已邁出步子，你選擇了這條路。哦，喬文達，你一直是我的朋友，一直緊隨我。我時常問：會有那麼一天，喬文達聽憑自己的心聲，獨自邁步前行嗎？你看，你現在成了男子漢，選擇了自己的路。願你始終跟隨他，哦，我的朋友！願你尋得解脫！」

喬文達沒有完全領悟悉達多的話。他急切地重複他的問題：「說吧，我求你，我親愛的悉達多！告訴我，我們別無他途。所以你，我渴慕知識的朋友，你也會皈依佛陀！」

悉達多將手放在喬文達的肩頭：「你並未理會我的祝願。哦，喬文達。我再說一次：願你將這條路走到底，願你尋得解脫！」

喬文達頃刻間明白，他的朋友即將離開他，他哭了起來。

「悉達多！」他悲戚道。

悉達多親切地對他說：「別忘了，喬文達，你已是佛陀的沙門！你棄絕了故鄉和雙親，棄絕了出身和財產，棄絕了自己的意志，棄絕了友誼。這是法義的要求，佛陀的意志，也是你的心願。明天，哦，喬文達，我將離開你。」

兩人長久地在林中漫步。安寢後仍久久無法入眠。喬文達不斷地追問他的朋友，他想聽他解釋，他為何不容身喬達摩之法義，他在他的法義中發現了什麼瑕疵。而悉達多卻總是駁回追問：「不要再問了，喬文達！佛陀的法義非常之好，我怎麼可能發現瑕疵？」

復日清晨，一位年長的佛陀弟子召集祇園中剛剛皈依佛陀的僧眾，分發僧衣，指示他們初步法理及僧團戒律。這時，喬文達出離僧團，再次擁抱了他青年時代的朋友，之後便加入了新皈依者的行列。

悉達多則沉思步入林中。

在路上，他遇見了世尊喬達摩。他恭敬地向世尊問安。因見世尊目光慈藹安詳，這位青年便鼓起勇氣，請求同世尊交談。世尊默默首肯。

悉達多道：「昨天，哦，世尊，我有幸聆聽您奇異的法義。我和我的朋友遠道而來聽您宣法。我的朋友將留在此處，他已皈依於您。我卻要繼續我的求道之路。」

「隨你的心意。」世尊謙遜地說。

「我的話可能太過放肆。」悉達多繼續道，「但如若我不坦率地將我的思想奉告世尊，我便無法離去。世尊佛陀，您可否再留一步？」

佛陀默默首肯。

悉達多道：「世尊佛陀，您的法義令我欽佩。它清晰無瑕，證據確鑿；

您將世界以一條充滿因果的永恆的鏈，一條從未有過任何瑕疵的鏈，展現在世人面前。世界從未如此清晰，從未如此不可辯駁地被呈示出來。婆羅門如若聆聽您的法義，看到這個完滿融通的世界，這個無瑕、清澈如水晶、不依賴偶然、不決於諸神的世界，必定心潮澎湃。無論世界是善是惡，無論生命自身是苦是樂——這或許懸而未決，也並非最為本質——但是世界的統一，所有事件的休戚相關，大小事物席捲於同一潮流中，起源於同一起源，遵循同一生成及滅亡的律法，已從您完滿的宣講中得到闡明。哦，功德圓滿的佛陀，只是，在您的法義中，在統一、邏輯完善的萬物中卻存在一個斷裂之處。這一小小的縫隙讓這個統一的世界呈現出些許陌生、些許新奇；呈現出些許迥異於從前，且無法被證實的東西：那就是您的超世拔俗，獲得解脫的法義。這個小漏洞，這個小斷裂，讓永恆統一的世界法則變得破碎，失去效力。但願您能寬恕我所提出的異議。」

喬達摩安靜地聽著，紋絲未動。這位功德圓滿的覺者以慈藹、謙和而清晰的聲音道：「你聆聽了法義。哦，婆羅門之子，難得你深深地思索法義。你在法義中發現了一個漏洞，一個缺口。願你能繼續深入地思考。但是你這勤勉之人，要警惕多謀善斷及口舌之辯。無論辯辭美或醜，聰慧或愚蠢，總有人讚許，有人鄙夷。你從我處所聽之法義並非我之辯辭。它的宗旨並非為求知好學之人闡釋世界。它另有他圖；它的宗旨乃是濟拔苦難。這就是喬達摩的法義，別無其他。」

「哦，世尊佛陀，但願您不怪罪我。」青年人道，「我並非為爭辯與您交談。您所言極是，辯辭微不足道。請容我再說：我未曾有剎那懷疑過您。未曾有剎那懷疑過您是佛陀，您已功德圓滿。您已抵達無數婆羅門及婆羅門之子求索之巔峰。您已超拔死亡。您通過探索，求道，通過深觀，禪修，通過認知，徹悟而非通過法義修成正果！——這就是我的想法，哦，世尊，沒人能通過法義得到解脱！哦，世尊佛陀，您從未以言辭或法義宣講您在證覺成道之際所發生的事！世尊佛陀的法義多教人諸善奉行，諸惡莫作。在明晰又可敬的法義中不包含世尊的歷程，那個您獨自超越眾生的祕密。這就是我在聆聽法義時思考和認識的。這就是我為何要繼續我的求道之路——並非去尋找更好的法義，我知道它並不存在——而是為擺脱所有聖賢及法義，獨自去實現我的目標，或者去幻滅。我將常常懷想今天，哦，世尊佛陀，我將懷想此刻，這個我親眼見到聖人的時刻。」

佛陀安靜地低垂眼簾，他那玄妙莫測的面龐散溢著徹底的安寧。「願你的思索，」至尊悠然道，「願你的思索無誤。願你實現目標！但請告訴我：你可見到我的僧團？那些皈依法義的我的眾多弟兄？你是否認為，陌生的沙門，你是否認為，放棄法義，回到極盡聲色的世俗生活對他們更有益處？」

「這樣的念頭我從未有過！」悉達多高聲道。

「願他們遵循法義，實現宏願！我無權論斷他人的生活！唯獨對自己的生活必須做出判斷。我必須選擇，必須放棄。我們沙門尋求棄絕於『我』，哦，世尊。假如我皈依於您，哦，世尊，我擔憂我的『我』只是表面地、虛假地獲得安寧，得到解脫。而事實上，我的『我』卻仍在生存、壯大。因為，我會將法義，我的後來者，我對您的愛，以及僧團當作我。」

喬達摩似笑非笑，他的明澈安如磐石。他善意地凝視這位陌生人且以一種隱微的神情同他道別。

「你很聰明，哦，沙門。」世尊道，「你能言善道，我的朋友。要提防不要太過聰明！」

佛陀緩步離去。他的目光和神祕的微笑永遠鐫刻在悉達多的記憶中。

「這般目光和微笑我從未見過；如此行走、端坐之人我從未見過。」他想，「惟願我也有這般目光及微笑，能如此行走及端坐。如此自由、神聖、隱晦，又如此坦率。如孩童，又飽含祕密。只有潛入自己最深處的人才能有這般誠摯的目光和步伐。無疑，我也將潛入自己之最深處探尋。」

「我見到一個人。」悉達多想，「一個唯一令我垂青之人。他人斷不會再令我垂青，再無他人。也再無法義能吸引我，因為連這人的法義也並未令我屈臣。」

「佛陀劫掠了我。」悉達多想，「他劫掠了我，但他饋贈得更多。他奪走了我的朋友，那曾經信奉我，如今信奉他的朋友；那曾經是我的影子，如今是喬達摩的影子的朋友。而他所饋贈的，則是悉達多，是我的自我。」

覺醒

Erwachen

當悉達多離開覺者佛陀棲居的祇園，離開喬文達停留的祇園時，他意識到他將自己過去的生活也拋在了身後的祇園。他躑躅獨行，沉吟於充斥內心的情感中。他沉吟著，彷彿探入情感深潭之最底端，直探及緣由的棲身之所。在他看來，認識緣由乃是一種深思。通過這樣的深思，情感昇華為認知，變得牢靠；它盤踞內心，熠熠生輝。

悉達多深思著躑躅獨行。他確信自己已不再年少，他已成為男人。他確信，他已如蛇褪去老皮般告別往昔。一些一直伴隨他，曾經屬於他的東西，諸如拜師求教的夙願已不復存在。他的最後一位恩師是神聖的世尊佛陀。但佛陀的法義也無法挽留他，折服他。

這位漫步的思考者自問：「你原先打算從法義裡，從師父處學到什麼？你學了很多，卻無法真正學到的又是什麼？」他最終發現：「答案是『我』。我要學的即是『我』的意義及本質。『我』，是我要擺脫、要制勝的東西。『我』，卻是我無法制勝，只能欺罔、逃遁，只能隱藏的東西。當真！世上再沒什麼別的，像我的『我』這樣讓我費解。是『我』，這個謎，讓我活著，讓我有別於他人，讓我成為悉達多！在世上，我最一無所知的莫過於『我』，莫過於悉達多！」

這位漫步者被這種思緒捕獲。他駐足，旋即又從這種思緒躍至另一種新的思緒中：「我對自己一無所知。一直以來，悉達多於我極為陌生。只因我害怕自己，逃避自己！我尋找阿特曼，尋找大梵，我曾渴望的是『我』被肢解、蛻變，以便在陌生的內在發現萬物核心，發現阿特曼，發現生命，發現神性的終極之物。可在這條路上，我卻迷失了自己。」

悉達多睜大雙眼，望向四周，一抹微笑不禁在他臉上蕩溢開來。一種從大夢中徹底甦醒的感覺貫穿他的周身直至腳趾。他邁開雙腿，如同一個完全清楚去向和使命的男人般疾步前行。

「哦，」他深吸了口氣，釋然道，「我不會再讓悉達多溜走！不會再讓阿特曼和塵世疾苦成為我思想和生命的中心。我再也不會為尋找廢墟後的祕密而扼殺自己，肢解自己。無論是《瑜伽吠陀》、《阿達婆吠陀》[19]，還是其他任何教義我都不再修習。我不再苦修。我要拜自己為師。我要認識自己，認識神祕的悉達多。」

他環視四周，宛如與世界初逢。世界是美的，絢爛的；世界是奇異的，神祕的！這兒是湛藍，這兒是燦黃，那兒是豔綠。高天河流飄逸，森林山巒高聳。一切都是美的。一切都充滿祕密和魔力。而置身其中的他，悉達多，這個甦醒之人，正走向他自己。這初次映入悉達多眼簾的一切，這燦黃和湛

19 *Atharva-Veda*，吠陀本集之一，為巫術、咒語之彙集。計收讚歌七百三十一首，主要為祈福禳災的咒法與巫術，亦包含若干哲學與科學之思想。Atharva，「阿達婆」或係傳授此種吠陀的婆羅門家族之名字。

藍，河流和森林，都不再是摩羅[20]的法術，瑪雅[21]的面紗，不再是深思的、尋求圓一的婆羅門所蔑視的現象世界中愚蠢而偶然的紛繁。藍就是藍，河水就是河水。在悉達多看來，如果在湛藍中，在河流中，潛居著獨一的神性，那這恰是神性的形式和意義。它就在這兒的燦黃、湛藍中，在那兒的天空、森林中，在悉達多中。意義和本質絕非隱藏在事物背後，它們就在事物當中，在一切事物當中。

「我曾多麼麻木和遲鈍！」這位疾步之人心想，「如果一個人要在一本書中探尋意義，他便會逐字逐句去閱讀它，研習它，愛它；他不會忽視每一個辭、每一個字，把它們看作表象，看作偶然和毫無價值的皮毛。可我哪，我這個有意研讀世界之書、自我存在之書的人，卻預先愛上一個臆想的意

20 Mara，魔。一切魔法。
21 Maja，幻。虛妄不實。

義。我忽視了書中的語辭。我把現象世界看作虛妄。我視眼目所見、唇齒所嘗的僅為沒有價值而表面的偶然之物。不，這些都已過去。我已甦生。我切實已甦生。今天即是我的生日。」

悉達多思索著，卻突然停下腳步，彷彿有一條長蛇橫臥於前路。

他突然清楚：他，一個已切實甦醒和初生之人，必須徹底從頭開始生活。在這個清晨，在他離開祇樹給孤獨園，離開世尊佛陀的清晨，他已完全覺醒。他已走上自我之路。於他而言，經過多年苦修後回歸故里，回到父親身邊似乎是自然而理應的。可現在，此刻，他停下腳步的這一刻，彷彿有一條長蛇橫臥於前路的一刻，他清楚地意識到：「我已不再是過去的我。不再是苦行僧、沙門，不再是婆羅門。我回家，回父親那裡去做什麼？修習？獻祭？還是禪定？這些都已過去。這些已不屬於我的前路。」

悉達多紋絲未動，徹骨的冰冷瞬間襲擊他的心臟。他感到這顆心臟像一隻小動物，一隻鳥或一隻兔子般在胸中顫抖。他如此孤獨。多年來，他並未像現在這樣意識到自己無家可歸。從前，即便在最深的禪定中，他仍是父親的兒子，高貴的婆羅門，一個修行之人。如今，他只是甦醒的悉達多，再不是別的什麼人。他深吸口氣，打了個寒顫。沒人像他這般孤獨。貴族屬於貴族，手藝人屬於手藝人，他們說同樣的話，容身一處，分享生活。婆羅門要同婆羅門在一起。苦行者要在沙門中立足。即便歸隱山林的隱士也不是獨自一人，他們也有同道人，有歸屬。喬文達已皈依佛門，萬千僧人是他的弟兄，他們著同樣的僧服，信共同的信仰，說相同的話。可是他，悉達多，他屬於哪裡？和誰分享生活？說誰的話？

此刻，世界隱匿於他的周圍，他孤單佇立如同天際孤星。此刻，悉達多比從前更自我，更堅實。他從寒冷和沮喪中一躍而出。他感到：這是甦醒的最後顫慄，分娩的最後痙攣。他重新邁開步子，疾步前行。他再也不回家，再也不回父親那裡，再不回去。

第二部

獻給我在日本的堂兄

威爾海姆．貢德爾特

迦摩羅

Kamala

在路上，悉達多步步收穫新知。世界已然變化，他的心為之陶醉。他看見太陽從密林覆蓋的山巒間升起，又從遠處的棕櫚灘落下。他看見星羅棋布的幽藍夜空中，暢遊著一彎小船般的新月。他看見森林、群星、動物、雲朵、彩虹、岩石、野草、花團、小溪與河流。清晨的灌木叢中閃耀的露珠。遠山微藍蒼白。鳥兒和蜜蜂歌唱。微風吹過麥田窸窸窣窣。這千姿百態姹紫嫣紅的一切歷來如此。日月相推，河流奔湧，蜜蜂嗡嗡，亙古不變。但在從前的悉達多眼中，它們不過是魅惑的、稍縱即逝的霧靄。以懷疑熟視，這一切注定被思想洞悉，一無是處。因為它們並非本質。本質位於可見世界的彼岸。可現在，他獲得自由的雙眼流連於塵世，他看見且清晰地辨明可見世界。他不再問詢本質，瞄準彼岸，他在世間尋找故鄉。如若人能毫無希求，質樸而天真無邪地看待世界，世界何其雋美！月亮和星辰美，小溪與河岸美，森林、岩石、山羊和金龜子，花朵和蝴蝶都很美。當人單純、覺醒，不疑專注地穿行於人間，世界何其雋美又嫵媚！別樣的烈日在頭頂燃燒，濃蔭下別樣涼爽宜人。小溪和雨水，南瓜和香蕉別樣甘甜味美。白日很短，黑夜很短，時辰飛逝如海面之帆；帆船滿載珍寶和歡悅。悉達多看見一隻猿猴跳躍在森林之穹窿，枝芽之高端，發出粗野而貪婪的啼聲。悉達多看見一隻公羊追逐母羊並與其交媾。他看見一條梭魚在蘆葦湖中捕獵晚餐，小魚們嚇得心驚肉跳，顫慄著如同閃電般成群躍出水面，而急迫又迅猛的獵手則狂熱有力地攪動翻滾的漩渦。

所有這自古有之的一切，悉達多一直熟視無睹。他從不在場。而現在，他歸屬其中。流光魅影在他眼中閃耀，星辰月亮在他心中運行。

在路上，悉達多也憶起他在祇樹給孤獨園中經歷的一切。他曾在那裡聆聽佛陀神聖的法義，同喬文達告別，與世尊交談。他記起他曾對世尊佛陀說過的字字句句。他驚訝地意識到，自己所言的「珍寶」，當時無從體會。他曾對喬達摩說：佛陀的法義或許並非其最寶貴最神祕的東西。佛陀的徹悟紀事才是無法言說、不可傳授的珍寶——這恰恰是他現在要去經驗的，他現在才剛剛開始去經驗的。自然，他歷來便知他的自我即阿特曼。自我如大梵般永恆存在。然而因他始終試圖以思想之網去捕捉自我，而使得自我從未被真正發現。自然，肉體並非自我，感官遊戲並非自我。如此看來思想也並非自我。才智並非自我。歸納結論，由舊思想編織新思想的可修習之智慧和技藝並非自我。不，這一思想境界乃是塵世的。如果一個人扼殺了感官意義上的偶然之我，卻餵養思想意義上博學多能的偶然之我，他是不會尋得自我的。兩者，思想和感官，均為美的事物；兩者背後均隱藏終極意義；兩者都值得傾聽，值得參與；兩者均不容蔑視亦不必高估。自兩者中均可聽到內在的祕密之聲。除非內在聲音命令他行動，悉達多別無所求。除非聽憑內在聲音的宣導，他絕不停下步履。為何喬達摩在那個時辰中的時辰，那個他正覺成道的偉大時刻坐於菩提樹下？因為他聽見一個聲音。一個他內心的聲音吩咐他在這棵樹下歇息。他並非憑苦行、獻祭、洗禮和祈禱悟道，也不是憑齋戒悟道，不是在睡夢中悟道。他聽憑了這個聲音。如此聽憑內心的召喚而非聽憑外在的命令是善的。除了時刻等待這聲音的召喚，再沒什麼行為是必要的。

夜裡，悉達多在河邊擺渡人的茅屋裡過夜。他做了一個夢。他夢見著黃色僧衣的喬文達站在他身邊。喬文達看起來十分憂傷。他憂傷地問：「你為何離開我？」悉達多擁抱了喬文達並試圖把他貼入胸口親吻。這時，喬文達不見了，取而代之的是一個女人。一對豐滿的乳房從女人的衣襟中袒露出來。悉達多在她懷裡吸吮乳汁。這對乳房的乳汁香甜濃郁。它是男人和女人的味道，陽光和森林的味道，動物和花朵的味道；它是每種果實，每種欲望的味道；它讓人銷魂，讓人陶醉昏厥——當悉達多醒來時，蒼白的河水在茅屋的門扉處閃爍著微光，森林裡響起梟鷹淒厲的啼叫，深邃而嘹亮。

天色漸白。悉達多請求船夫渡他過岸。船夫撐起竹筏載悉達多過河時，寬闊的河面上升起一輪紅日。

「這是一條美麗的河。」悉達多道。

「是的。」船夫道，「一條十分美麗的河。我愛它勝過一切。我時常聆聽它，時常注視它的眼睛。我總能向它學到許多。一條河可以教會人許多東西。」

「我感謝你，善良的人。」悉達多邊說邊登上河岸，「我沒有禮物送給你，親愛的船夫。我也無法支付船錢。我是個無家可歸的人，一個婆羅門之子，一個沙門。」

「我知道。」船夫道，「我並未期待你的報酬，也不要禮物。你下次再送我禮物。」

「你相信我會再來？」悉達多好奇地問。

「准會。這也是我跟河水學到的：一切都會重來！你也是，沙門。你會再來。祝福你！你的友誼就是對我的犒賞。願你在祭奉諸神時想到我。」

他們微笑著道別。悉達多為船夫的友誼和友善感到欣慰。「他就像喬文達一樣。」他微笑著想，「我在路上遇到的人都像喬文達。他們都心懷感激，儘管他們都有資格獲得他人的感激。他們都謙卑、善意、恭順，思慮甚少。他們都有一顆赤子之心。」

正午時分，悉達多經過一個村舍。巷子裡的孩子們正在茅屋前追逐嬉鬧，玩南瓜子和蚌殼。他們看見陌生沙門便羞怯著四散開去。村舍盡頭蜿蜒著一條小溪，一位年輕婦人正跪在溪邊洗衣。悉達多上前問好時，婦人抬頭嫣然一笑。悉達多見她眉眼盈盈處泛著秋波。他以途中慣用的方式向婦人問安，並詢問距離大城的路程。這時她起身走向他，年輕的面龐上一副濕潤的嘴唇閃著嫵媚的光。她嬌羞地問他可否用過飯，問他沙門是否真的在夜晚單獨睡在林中，不能和女人同寢。說著，她用左腳尖撫摩他的右腳並做出《愛經》[22]中稱為「爬樹」的動作——這是女人在挑逗男人共赴雲雨時所做的動作。悉達多頓感熱血沸騰。此刻，夢境再次襲來，他朝婦人俯下身去，親吻她乳房上褐色的乳頭。抬起頭時，他看見婦人焦渴地微笑著，滿是企盼的雙眼細若遊絲。

悉達多感到自己的渴望和湧動的性欲。他至今尚未碰過女人。在準備伸手去握住婦人時，他遲疑片刻。就在這一刻，他聽見內心顫抖的聲音說「不」。頓時，年輕婦人微笑的臉失去了全部魅力。她在他眼中不過是一隻目光迷離的發情母獸。他親切地撫摸了她的臉頰，隨後移步離開這位失望的婦人，健步踏入竹林。

22　古印度一本關於性愛的經典書籍。

黃昏時分，他已臨近大城，心情愉悅。他渴望生活在世人中，他已在林中待了太久。那天夜晚在船夫的茅屋裡留宿，正是許久以來他第一次在室內過夜。

城郊處，這位漫步者在一座美麗的圍著籬笆的林苑外遇見一隊手托籃簍的男女僕從。一部由四人高抬、裝飾華美的轎子位於中間。色彩繽紛的遮陽篷下，一個女人坐在大紅的坐墊上。她是林苑的女主人。悉達多在這香豔的林苑入口處站定，注目這一行人。他看見男僕、女傭、籃簍和轎子。他看見轎中的女人。他看見她高高挽起的烏髮雲髻下一張靚麗、嬌柔、聰慧的臉。她美豔的紅唇好似新鮮開裂的無花果，精心修飾的眉毛描成高挑的弧形，一雙烏黑的明眸聰敏而機智。豔綠和金黃搭配的上衣中露出光潔修長的頸項。嫻雅的手指纖纖柔荑，手腕上戴著寬金鐲。

悉達多見她如此美麗，心中歡喜。轎子臨近時，他深鞠一躬，接著抬頭注視那張靚麗嫵媚的臉。他凝視她高挑眉毛下聰慧的雙眼，並嗅到一縷從未聞過的沁人香氣。這位美人微笑頷首後，在僕從的簇擁下轉瞬消失在林苑中。

「我尚未入城，」悉達多想，「就天降此等吉兆。」他感到一陣衝動，想即刻跟入林苑。但轉念又想起男女僕從們曾在門口輕視、懷疑而無禮地打量他。

「我還是個沙門。」他想，「依然還是苦行者和乞丐。我這樣的人不該在此逗留，更不該踏入林苑。」他笑了起來。

這時，來了一位路人。悉達多向他打聽這座林苑以及那個女人的名字。原來，林苑的女主人迦摩羅是城中名妓。除了這林苑外，她在城裡還有一座宅邸。

之後他就懷揣著一個目標進了城。

為了這個目標，悉達多踏遍城邑，走街串巷，累了便安靜地佇立在廣場或坐在河邊的石階上歇息。臨近傍晚時分，他結識了一位理髮店夥計。他先見他在拱門下陰涼處勞作，又見他去毗濕奴[23]廟祈禱。悉達多為他講述了毗濕奴和拉克什米女神[24]的故事。當晚，悉達多在岸邊的船裡過夜並於次日一早，在其他客人還沒到來前光顧了理髮店。他讓那位夥計為他刮了鬍鬚，剪了頭髮並敷了上好的頭油。之後，他去河裡沐浴。

當美麗的迦摩羅於午後再次乘轎子回到林苑時，悉達多正站在門口。他向迦摩羅鞠躬致意並得到這位名妓的回敬。他向隊尾的僕從示意，請求僕從

---

23 Vishnus，印度教三相神之一。梵天主管「創造」，濕婆主掌「毀滅」，毗濕奴即是「維護」之神。其性格溫和，對信仰虔誠的信徒施予恩惠，而且常化身成各種形象拯救危難的世界。

24 Lakschmi，掌管幸福與財富的女神，毗濕奴的妻子。她象徵繁華和君王的榮耀，她站在蓮花上，一隻手撒下象徵繁榮的金幣，身旁的大象象徵王者的權力。

向林苑女主人稟告，有位青年婆羅門渴望與她交談。過了一會兒，僕從回來了，他吩咐正在等待的悉達多跟隨他默默進了一座亭台。亭台裡，迦摩羅正斜倚在臥榻上。她隨即差遣僕從退下。

「你不就是昨天站在外面問候我的人嗎？」迦摩羅問道。

「是的，我昨天就見到了你，問候了你。」

「但是昨天你不是留著鬍鬚，長髮上還布滿灰塵嗎？」

「你看得仔細。一切都盡收眼底。你見到的人是悉達多，為成為沙門而告別故鄉的婆羅門之子。迄今做沙門已三年有餘。但現在我已告別沙門之路，進了這座城。而你，是我入城之前見到的第一個人。哦，迦摩羅！我來，是為告訴你這個。你是讓悉達多並未低垂眼簾而與之交談的第一個女人。今後，如若我遇見漂亮女人，也不會再垂下眼簾。」

迦摩羅微笑著。她一邊玩弄手中的孔雀翎搖扇，一邊問道：「悉達多只是為了說這個，才來見我嗎？」

「是為了說這個。也為感謝你的美貌，迦摩羅。如若不冒犯你，我想請求你做我的朋友和老師。因為對你所熟稔的藝術，我一無所知。」

迦摩羅大笑起來。

「從來沒有林中沙門來拜我為師！朋友。也從來沒有圍著破舊遮羞布、留著長髮的沙門來過我這裡！許多青年來拜訪我，其中不乏婆羅門之子。他們可是個個穿華麗的衣裳、考究的鞋子，頭髮飄香，腰纏萬貫。沙門，那些青年都是置備停當才來見我。」

悉達多道：「我已開始向你學習。昨天已經開始。我已刮掉鬍鬚，打理頭髮，抹了髮油。我缺少得不多。你這仙姿佚貌的女人，我缺的不過是華美的衣裳、昂貴的鞋子和飽滿的錢袋。你知道，悉達多曾致力於許多比這區區小事難得多的事業，且已完滿。而我昨日下定決心要做的事，又怎能無法達成——我要成為你的朋友，同你學習歡愛之事！你將很快知道，迦摩羅，我曾學過比你教的學問更複雜的學問。那麼，悉達多已抹了髮油，卻僅僅因為沒有華美的衣服，沒有名貴的鞋子，沒有錢財，就無法讓你滿意嗎？」

迦摩羅笑道：「是的，尊敬的人。你不能讓我滿意。你必須有衣服，華美的衣服；你必須有鞋子，名貴的鞋子；你不僅要腰纏萬貫，還要為迦摩羅備上禮物。明白了嗎，林中的沙門？這些你記住了嗎？」

「我完全記住了。」悉達多大聲道，「從如此美豔的嘴唇裡說出的話我怎能不記住！你的嘴唇仿似新鮮開裂的無花果，迦摩羅。而我的嘴唇也同樣又紅又嫩。你將驗證，它們是多麼般配——但請告訴我，美麗的迦摩羅，你真的不畏懼一個要向你學習歡愛的林中沙門嗎？」

「我為何要畏懼一個沙門，一個林中來的愚笨的沙門，一個從胡狼群中來，又根本不知女人為何物的沙門呢？」

「哦，沙門是強壯的，他無所畏懼。他恐怕會強迫你，美麗的女人。他恐怕會強奪你，給你帶來痛苦。」

「不，沙門，我不怕。難道一個沙門或婆羅門會害怕有人來強奪他，侵吞他淵博的學識、他的虔誠和他深奧的思想嗎？不會。因為這些只屬於他自己。他只會把這些奉獻給他想給的人。迦摩羅亦如此，歡愛亦如此。迦摩羅的嘴唇固然美豔嫣紅，但你若試圖違背迦摩羅的意願去強吻它，便不會得到一絲甜蜜。儘管那嘴唇深知如何賦予甜蜜！勤學的悉達多，你要明白：情愛可以乞得，可以購買，可以受饋，也可在陋巷覓得，卻唯獨不能強奪。你想出了一個錯誤的主意。哦，如果一個如你般俊美的青年有如此想法的話，就實在太遺憾了。」

悉達多微笑著鞠躬致意：「那的確遺憾。迦摩羅，你說得極對！那將極為遺憾。不，我不願放棄你芳唇間任何一滴甜蜜。你也不該放棄我的吻！此事已定：悉達多會再來。當他擁有了他缺少的華服、鞋子和錢財。但是，甜美的迦摩羅，你可願再給我一些指示？」

「一些指示？為什麼不哪？誰會不願給一個從荒林狼群中來，又貧窮無知的沙門一些指示？」

「親愛的迦摩羅，請告訴我：我該去哪裡才能儘快尋得這三樣東西？」

「朋友，許多人都想知道。你必須去做你會做的事情，以賺得錢財、鞋子和衣裳。否則一個窮人是不會有錢的。你會什麼哪？」

「我會思考。我會等待。我會齋戒。」

「沒別的了？」

「沒有了。不過，我還會作詩。你願意為我的詩賜我一吻嗎？」

「如果你的詩討我歡心的話，我願意。你的詩叫什麼名字？」

悉達多深思片刻，吟誦道：

多茵的林苑裡搖曳著婀娜的迦摩羅，
林苑的門扉處佇立著麥褐色的沙門。
當他驚見蓮花盛放，
不禁俯身捫心示敬，
又怎奈
迦摩羅含笑回眸。
啊，青年暗自思量，
獻祭諸神固情深義重，
卻哪比
獻身美麗的迦摩羅情意綿綿。

迦摩羅聽罷熱烈鼓掌，金鐲亦在手腕上叮叮作響。

「你的詩很美。麥褐色的沙門。當真，為了這首詩賜你一吻我並不失去絲毫。」

說著她用眼神示意他走上前來。他將臉俯在她的臉上，又將嘴唇印在她那宛如新鮮開裂的無花果般的朱唇上。長久地，他親吻著迦摩羅。讓他深深驚嘆的是她在如何引導他；她在怎樣聰慧地降服他，推卻他，魅惑他。在第一個綿長的親吻後，一連串奇巧而純熟的親吻接踵而至。每一個吻都有別於另一個吻。他站起身來喘著粗氣。這一刻，他如同一個眼界大開的孩子，為眼前豐富而博大精深的學識驚嘆。

「你的詩非常優美。」迦摩羅大聲道，「若我是富人，我會為此付你金幣。但是，靠作詩賺取你所需錢財恐怕並非易事。如果想成為迦摩羅的朋友，你需要很多錢財。」

「你真的，很會親吻，迦摩羅。」悉達多結巴著道。

「是的，我很擅長。所以我才不缺衣裳、鞋子，不缺手鐲和這一切華美的東西。可是你擅長什麼？除了思考、齋戒和作詩你再不會別的了？」

「我會唱聖歌，」悉達多道，「但我不再吟唱。我會念咒語，但我不再念誦。我也學過寫字——」

「等一下。」迦摩羅打斷他，「你識字？也會寫字？」

「我當然會。不少人會。」

「大多數人都不會。連我也不會。好極了，你識字，還會寫字，這太好了。念咒語也是用得著的。」

這時，女僕匆忙進來，在女主人耳畔低語著稟報了什麼。

「我有客人。」迦摩羅道，「趕快離開，悉達多。記住，不要讓任何人看見你在這裡！明天我再見你。」

說著她命僕從送給這位虔誠的婆羅門一件白色上衣。接著，悉達多糊裡糊塗地被僕人帶走。穿過花園蜿蜒的小徑，僕人贈送了上衣，將他帶到灌木叢處，催促他趕快不留蹤跡地離開林苑。

他滿意地照辦。這位林中之人輕快地翻過叢莽，溜出林苑。他心滿意足地進了城。腋下夾著疊好的上衣。在一家旅人歇息的客棧前，他停下腳步，默默乞食並默默收下一塊飯糰。「或許明天，」他想，「我將不再向任何人乞食。」

一股自豪感油然而生。他已不再是沙門，無須再去乞食。他將手中飯糰扔給一條狗，自己並未進食。

「塵世生活其實簡單。」悉達多想，「沒什麼難的。難的是做辛勞的沙門，到頭來只收穫絕望。現在一切易如反掌，就像迦摩羅的接吻課。我需要衣裳和金錢，別無其他。實現這些又小又近的目標，不會讓人寢食難安。」

他早就打聽好迦摩羅位於城中宅邸的位置，第二天便登門造訪。

「一切都很順利。」迦摩羅迎向他，「迦摩施瓦彌正在等你。他是城中最富庶的商人。如果你討他歡心，便可替他做事。放機靈點，麥褐色的沙門！我托人向他引薦了你。你要對他客氣些，他很有權勢。但你也不必過分謙卑！我不希望你做他的僕從。你得和他平起平坐，否則我不會對你滿意。迦摩施瓦彌年事漸高，如果你取悅他，他會將許多事託付於你。」

悉達多笑著感謝她。迦摩羅知道悉達多已兩天未進食，便吩咐僕從取來麵包和水果款待他。

「你真幸運。」告別時她道，「一扇扇門為你打開。這是怎麼回事？難道你施了法術？」

悉達多道：「昨天我已告訴你，我會思考、等待、齋戒。你卻認為這些沒用。其實它們很有用。迦摩羅，你會看到的。你將看到，林中愚笨的沙門將學會並做出許多旁人不會的漂亮事情。前天我還是蓬頭垢面的乞丐，昨天我就親吻了迦摩羅；而很快，我會成為一名商人，擁有財富和一切你看重的東西。」

「好吧。」她表示贊同，「但如果沒有我又會怎樣？如果我不幫助你，又會怎樣？」

「親愛的迦摩羅，」悉達多說著挺直腰身，「來到你的林苑是我邁出的第一步。我決心跟你這個美麗的女人學習愛的藝術。那一刻，我下定決心並知道，我必定會實現願望。我也知道，你會幫助我。當我站在林苑外，第一眼見到你時我就知道。」

「如果我不願意哪？」

「你會願意的。你看，迦摩羅，如果你將一粒石子投入水中，石子會沿著最短的路徑沉入水底。恰如悉達多有了目標並下定決心。悉達多什麼都不做，他等待、思考、齋戒。他穿行於塵世萬物間正如石子飛入水底——不必費力，無須掙扎；他自會被指引，他任憑自己沉落。目標會指引他，因為他禁止任何干擾目標的事情進入他的靈魂。這是悉達多做沙門時學到的。愚人們稱其為魔法。愚人以為此乃魔鬼所為。其實，魔鬼無所作為，魔鬼並不存在。每個人都能施展法術。每個人都能實現目標，如果他會思考、等待、齋戒。」

迦摩羅傾聽著。她愛他的聲音，愛他的目光。

「或許是的，」她輕聲道，「如你所說，朋友。也或許因為悉達多是個俊美的男子，女人們喜愛他的目光，他才好運連連。」

悉達多和她吻別。「但願如此，我的老師。願我的目光永遠讓你歡喜，願我的好運一直因你而降臨！」

塵世間

Bei Den Kindermenschen

悉達多來到商人迦摩施瓦彌富麗的宅邸。僕人引他踏過昂貴的地毯，到一間居室內等待宅邸主人。

迦摩施瓦彌步入室內。他敏捷矯健，華髮蕭蕭。一雙眼睛精明謹慎，嘴唇流露出貪欲。主客二人友好地互致問候。

「有人告訴我，」商人開口道，「你是位博學的婆羅門，卻要在商人處尋個職務。你這位婆羅門可是陷入困境？」

「不，」悉達多道，「我並未陷入困境，也從未陷入困境。你知道，我在林中做了多年沙門。」

「既然你從沙門中來，又怎能不陷入困境？沙門不是都一無所有？」

「我沒有財產。」悉達多道，「如果你指這一點，我的確一無所有。但我志願成為沙門，所以我並未陷入困境。」

「既然你一無所有，你靠什麼生活？」

「我從未想過，先生。三年有餘，我一無所有，卻從未想過靠什麼生活。」

「看來你靠他人錢財為生。」

「看來是。商人也靠他人錢財為生。」

「說得好。但商人卻不白拿他人錢財，他以貨物交易。」

「世事看似如此。各有索取，各有付出。這是生活。」

「恕我直言：如果你一無所有，你能付出什麼？」

「人人都付出他擁有的。武士付出力氣，商人付出貨物，教師付出學問，農民付出稻穀，漁民付出魚蟹。」

「非常對。只是，你付出什麼？你究竟學過什麼？又會什麼？」

「我會思考。我會等待。我會齋戒。」

「就這些？」

「我想，就是這些！」

「這些有何用處？比如齋戒——齋戒有何益處？」

「齋戒極好，先生。對於沒有食物的人，齋戒最為明智。假如悉達多沒學過齋戒，他今天就必須尋找活計。不論在你這裡，還是別處。飢餓迫使他行動。而事實上，悉達多能安靜地等待。他從不焦急，從不陷於窘迫。即便長時間被飢餓圍困，他仍能藐視飢餓。因此，先生，齋戒極好。」

「你說得對，沙門。請稍等片刻。」

說著，迦摩施瓦彌走出去並帶回一份案卷。「你能否讀一下？」他將案卷遞給客人。

悉達多接過案卷，見它是一份買賣契約，便朗讀起其中內容。

「好極了。」迦摩施瓦彌道，「你可願在紙上為我寫些什麼？」

說著，他將紙筆遞給悉達多。悉達多寫罷後將紙交還與他。

迦摩施瓦彌讀道：「書寫雖好，思考更佳；聰敏雖好，忍耐更佳。」

「你寫得精彩。」商人誇讚道，「我們還要就許多事情進一步商談。今天，我先邀你做我的客人，安頓於我的宅邸。」

悉達多感謝並接受了邀請，在商人的宅邸住下。僕人為他奉上衣裳和鞋子，並服侍他每日沐浴。宅邸內每日兩餐豐足味美，但悉達多只食一餐，且既不食葷，亦不飲酒。迦摩施瓦彌常談論他的生意，向悉達多介紹他的貨品、貨棧，指導悉達多清算帳目。悉達多學會許多新知。他聽得多，說得少。他牢記迦摩羅的話，在商人面前從未奴顏婢膝。這迫使商人與他平起平坐，甚至對他高看一眼。迦摩施瓦彌嚴謹地經營生意，飽含激情。悉達多則視一切如遊戲。他努力學習規則，內容他並不記掛於心。

在宅邸中住了不久，悉達多便開始分擔迦摩施瓦彌的生意。每日，他也在約定的時辰，登門拜訪美麗的迦摩羅。他身穿華美的衣裳，足蹬精緻的鞋子。很快，他也在造訪時攜帶禮物。迦摩羅嬌豔聰慧的嘴唇，溫柔細膩的雙手教會他許多學問。在歡愛的路上，悉達多仍蹣跚學步。他時常冒失，求索無厭地跌入情欲深淵。而迦摩羅則教會他，不付出情欲就難收穫情欲這一《愛經》的根本。每種姿勢，每個動作，每次撫摸，每次對視，身體的每個角落都隱藏祕密。這些祕密，為懂得喚醒它的人預備了幸福。她教導他，愛侶在交歡後不得倏忽分離。彼此仍要相互讚嘆、撫慰。這樣，雙方才不會因過度性滿足，而產生厭倦、落寞，產生辱弄或被辱弄的不快感受。在美麗聰慧的藝術家處，悉達多度過了絕妙時光。他成為她的學生、情人、朋友。對於現在的悉達多，生活的意義和價值是能和迦摩羅在一起，而絕非迦摩施瓦彌的生意。

商人委託悉達多書寫重要的信件和契約，他也習慣在緊要事務上同悉達多商議。很快，他發現悉達多對稻穀、棉布、船務和買賣並不在行。他的運氣是，和商人相比，他的冷靜沉著更勝一籌。和陌生人打交道時，他懂得傾聽的藝術，善解人意。「這位婆羅門，」迦摩施瓦彌曾對朋友說，「不是真正的商人，也不會成為真正的商人。在生意上，他從未投入熱情。但是他掌握那些無為而治的成功者的祕密。或許他福星高照，或許他會施展法術，或許他從沙門處學到了什麼。他似乎總在生意上遊戲，從不全情投入，生意從來也無法牽制他。他從不擔心失敗，從不為損失煩憂。」

這位朋友建議商人：「你可將一部分生意交與他替你打理。三分之一的盈利歸他所有；反之，他也須承擔同等損失。如此一來，他必會用心些。」

迦摩施瓦彌採納了這個建議。悉達多則安之若素。如有盈餘，他便取他該得的那份。如果虧損，他會笑著說：「哎，你看，多麼糟糕的交易！」

他顯然對生意心不在焉。一次，他去村落收購大批稻穀。當他抵達時，稻穀已全部賣給其他商人。儘管如此，悉達多仍在村落逗留數日。他宴請農民，送給農民的孩子銅幣，參加一次結婚慶典，隨後滿意而歸。迦摩施瓦彌責備他沒有及時趕回，損失了時間和錢財。悉達多答道：「不要責備，親愛的朋友！責備向來於事無補。蒙受的損失由我承擔。我對這次旅行非常滿意。我認識了許多人。一位婆羅門成了我的朋友，孩子們在我膝上玩耍，農民帶我參觀他們的田地。沒人把我當作一位商人。」

「做得漂亮！」迦摩施瓦彌不情願地喊道，「但事實上你是個商人。我必須得說！難道你的旅行只是為了賞玩？」

「確實。」悉達多笑道，「我確實為賞玩而去。否則為何？我見到許多人，欣賞了風景，收穫了友誼和信任，結交了朋友。你看，親愛的，如果我是你迦摩施瓦彌，見到生意落空，定是氣惱地速速返回。可事實上，時間和金錢已經蒙受損失。而我享受了幾天美妙時光，學到了知識，心情愉快，我和他人均未因我的氣惱和草率而受到傷害。如果今後我再去那裡，或許去收購下季收成，或許因為其他生意，那裡友好的人們必將由於我這次沒有表現得急躁和悶悶不樂而熱情地款待我。釋懷吧，朋友，不要因責備而傷害自己！如果有那麼一天，你看到悉達多為你帶來損失，你只消說一聲，悉達多便自行離去。在那之前，我們還是善待彼此。」

商人也曾徒勞地嘗試讓悉達多相信，他靠迦摩施瓦彌為生。但悉達多認為他靠自己為生。確切地說，他們兩人均靠他人為生，靠眾人為生。悉達多從不過問迦摩施瓦彌的煩惱，而後者則煩惱頗多。他擔心一筆生意行將失敗，貨物蒙受損失，借貸人無力償還。無論如何，迦摩施瓦彌始終無法向悉達多證明，抱怨、急躁、平添皺紋或輾轉反側有何益處。一次，迦摩施瓦彌提醒悉達多，他的一切知識都是從迦摩施瓦彌處學來。悉達多反駁道：「最好不要和我開這樣的玩笑！我從你那裡學到一簍魚的售價，借貸他人獲得多少利息。這是你的學問。我和你從未學過如何思考，尊貴的迦摩施瓦彌，你最好向我學習如何思考。」

悉達多的確無心生意。做生意的益處，無非是令他有足夠的錢財交與迦摩羅。儘管他獲得的遠超出他所需要的。他只是對曾經如同月亮般遙遠而陌生的世人，他們的生意、手藝、憂煩，他們的娛樂和蠢行感到既同情又好奇。雖然他能輕而易舉地和他們攀談，與他們相處，向他們學習，但他深刻地認識到，將他同世人區分開來的，是他做沙門的經歷。他看見世人以孩童或動物的方式生活，這讓他既愛慕又蔑視。他看見他們為一些在他看來毫無價值的東西，為了錢，為了微不足道的欲望，為了可憐的尊嚴而操勞、受苦、衰老。他看見他們彼此責罵、羞辱，看見他們為那些令沙門付之一哂的痛苦慟哭，為那些令沙門不屑一顧的貧乏苦惱。

他接納人們帶來的一切。他歡迎兜售亞麻的商人，歡迎來向他借貸的人，也願意長久地傾聽乞丐講述自己潦倒的生活，儘管他們的生活遠不及任何一位沙門的生活貧窮。他對待富庶的外國商人，和對待替他刮臉的僕人，對待他故意被騙去幾個銅板的街頭香蕉小販別無二致。如果迦摩施瓦彌來找他抱怨，或因一樁生意指責他，他也會好奇地耐心傾聽，表示驚訝，試圖理解，對他做適度的讓步，接著離開他，去約見下一位需要他的人。許多人來找他做生意，許多人想矇騙他，許多人試圖探聽他，許多人想博得他的同情，許多人想得到他的建議。他給出建議，表示同情，慷慨解囊，他甚至故意被欺騙。就像當年他熱衷於侍奉諸神和做沙門時一樣，他全神貫注，激情飽滿地和眾人遊戲著。

時常，他感到內心深處有一個垂危的聲音在輕聲提醒，輕聲抱怨。輕到幾乎無從捕捉。他開始在某些時刻意識到自己正過著荒謬的生活。所有這些他做的事情無非是遊戲。這遊戲令他快活，偶爾讓他愉悅。但是真實的生活卻擦身而過，無法觸及。如同一個人在玩球，他同他的生意以及周圍的人玩要。他冷眼旁觀，尋得開心。而他的心，他存在的源泉卻不在。那眼泉十分遙遠，漸漸消失在視線之外，與他的生活無關。幾次，他為他意識到的這一切感到驚恐。他希望自己也能滿腔熱情，全心全意地參與到孩子氣的日常行為中。真正地去生活、去勞作、去享樂，而不只是一位旁觀者。

他一直拜訪美麗的迦摩羅。學愛情的藝術，做情欲的禮拜。在性愛中，付出和索取比在任何別處都更加水乳交融。他跟她閒談，向她學習，給她建議，也接受她的忠告。迦摩羅對他的瞭解更勝於當年喬文達對他的瞭解。她跟他更加相像。

有一次，他對她說：「你就像我。你跟大多數人不同。你是迦摩羅，不是別人。你隨時可抵達內心安靜庇護的一隅，如同回家。我亦如此。只有少數人才有這樣的內心，儘管人人都可習得。」

「不是所有人都聰明。」迦摩羅道。

「不。」悉達多道，「聰明並非關鍵。迦摩施瓦彌聰明如我，但他心中沒有這安靜庇護的一隅。其他人內心雖有，但才智卻如孩童。大多數人，迦摩羅，彷彿一片落葉，在空中翻滾、飄搖，最後踉蹌著歸於塵土。有的人，極少數，如同天際之星，沿著固定的軌跡運行。沒有風能動搖他，他內心自有律法和軌道。在我認識的沙門和賢士中，有一位即是如此。他是一位功德圓滿的覺者，我永遠不會忘記。他就是喬達摩，世尊佛陀，那位宣法之人。每天有上千徒眾聽他宣法，追隨他的腳步。但這些徒眾卻如同落葉，內心沒有自己的教義和律法。」

迦摩羅含笑注視他。「你又提起他。」她道，「你的思想又如同一位沙門了。」

悉達多沉默不語。接著，他們以迦摩羅熟悉的三十種或四十種不同的體位做愛。她的身軀像豹子，像獵人的弓弦般柔韌。跟她魚水相歡之人，必獲得諸多快感，洞悉許多祕密。她和悉達多長久地做愛。她引誘他，再推辭他，強逼他，再順從他，為他高超的技巧雀躍，直至他被完全征服，精疲力竭地躺在她身邊。

名妓迦摩羅伏在他身上，久久地凝視悉達多的臉，凝視他疲憊的雙睛。

「你是我見過的，」她思索著，「最好的情人。你比別人更強壯，更柔韌，更欲望強烈。你出色地學會我的藝術，悉達多。日後，待我年紀大些，我要有一個你的孩子。然而，親愛的，你依然是個沙門。你並不愛我，也不愛任何人。難道不是嗎？」

「或許是。」悉達多疲憊地說，「我就像你。你也誰都不愛——否則你怎會將愛當作藝術經營？像你我這類人大概都不會愛。如孩童般的世人才會愛。這是他們的祕密。」

輪迴

Sansara

長久以來，悉達多雖不屬於塵世，卻經歷了塵世聲色之娛。他在狂熱的沙門歲月中被扼殺的感官漸漸甦醒。他品嘗了財富、淫樂和權力的滋味。唯有聰明的迦摩羅深知，他內心仍是個沙門。指引他生活的一直是思考、等待和齋戒的技藝。他和孩童般的世人間彼此依舊陌生。

歲月如流。悉達多在飽食豐衣的日子裡幾乎覺察不到流逝的光陰。他已十分富有，早已擁有宅邸、僕從和位於城郊河畔的花園。人們攀附他，在需要借貸或忠告時求見他，但只有迦摩羅與他知近。

在意氣風發的青年時代，在聆聽喬達摩宣法、告別喬文達後的歲月，悉達多曾擁有崇高的覺醒、迫切的期許，絕不仰仗法義和老師的獨立豪情。他曾恭候內心神性的聲音。如今，這一切已成記憶、往昔。曾在他心中呼嘯的聖音，如今遙遠而微弱地低語著。儘管他跟隨沙門、喬達摩、他婆羅門的父親習得的學問，諸如節制地生活、思考的樂趣、禪定的習慣，以及那關乎既非肉體亦非意識的永恆之我的祕密知識，仍長久地留在他心中，但許多已覆沒，蒙塵。如同陶匠的旋盤，一經起模便長久旋轉，隨後卻漸漸倦乏，停擺。悉達多靈魂的苦修之輪、思想之輪、分辨之輪長久旋轉著，依舊旋轉著，但它已漸緩，鬆動乃至接近靜止。如同瀕死的樹幹因潮氣侵襲、注滿而腐朽，世俗和惰性侵入並充滿悉達多的靈魂。它不再輕盈，反而疲憊、麻痺。同時，他的感官卻活躍起來，它學到許多，體驗許多。

悉達多學會做生意，發號施令，尋歡作樂。他學會穿戴華美的服飾，使喚僕從，在芳馥的水中沐浴。他學會品嘗佳餚，也吃魚、肉和飛禽。他學會享用香料和甜品，學會忘乎形骸地縱飲。他學會擲骰子、下棋，觀賞舞女表演，乘轎子，睡在綿軟的床上。只是他依舊自認與眾不同，卓爾不群。對待他人，他總帶著嘲弄的蔑視，如同沙門蔑視俗人。當迦摩施瓦彌不安、憤怒，自覺被冒犯或為生意煩惱時，他總是輕蔑地袖手旁觀。隨著秋收季和雨季的往復，他的蔑視在不知不覺間逐漸乏力，優越感逐漸平復。隨著日進斗金，他也沾染了世人的幼稚和膽怯。而他羨慕世人。他越和他們相像，就越羨慕他們。他羨慕他們擁有，他卻欠缺的對個人生活的重視，羨慕他們強烈的快樂和恐懼，羨慕他們為不安又甜蜜的幸福感而不斷墜入愛河，羨慕他們不懈地愛自己、愛女人、愛他們的孩子、愛名望金錢，羨慕他們熱中於諸多盤算和祈盼。他無法效仿這孩童般的快樂和愚蠢。他學會的，恰是他最難接受、最蔑視的東西。在一夜狂歡後的清晨，他時常長久中輟，疲勞倦怠、渾渾噩噩。當迦摩施瓦彌的牢騷讓他感到無聊時，他易怒而不耐。在擲骰子輸光時，他誇張的笑聲過分響亮。他看起來依舊比旁人聰敏、明智，但笑容極少。一些富人常見的面貌漸次顯現在他臉上：焦躁、渙散、無情、貪而不足、飽食無度。富人的靈魂病逐漸侵襲他。

如面紗，如薄霧，倦怠一天天席捲悉達多。每月渾濁一些，每年沉重一些。像一件新衣隨時光變舊，失去往日華美的色彩，出現斑駁，褶皺，衣邊磨碎，四處破損，抽絲。悉達多離開喬文達後的新生活已經枯萎。它隨荏苒的光陰失去光澤，積聚褶皺和斑點；雖藏於深處，卻不時顯露惡劣。失落和厭惡伺機待發。悉達多並未察覺。他只意識到內心曾覺醒的清悅篤定之音，曾不斷指引他的聲音，已悄然緘默。

世俗將他囚禁。情欲、貪欲和惰性，以及他最蔑視、時常嘲笑、視為最愚昧的唯利是圖俘虜了他。他拜倒在錢財下。賺錢於他不再是遊戲和瑣事，而是枷鎖和負荷。在充滿詭詐的歧路上，他最終沉迷於卑劣的賭博。自沙門時代在他心中終結，悉達多便開始了這種賭錢和珠寶的遊戲。起初，他心不在焉、略帶戲謔地效仿這世人的風俗，如今卻難以自拔地沉溺其中，成為嗜好。他是個令人生畏的賭徒。他放肆地高額下注，讓人膽寒。他出於心靈的焦灼賭博，將粗鄙的錢財揮霍殆盡以獲得劇烈的快感。再沒有其他方式能更清晰、更尖銳地表達他對商人們膜拜的金錢的蔑視。他揮金如土無所顧忌，憎惡自己，自我嘲弄。贏得千金，再一擲千金。他輸錢，輸首飾，輸農莊，之後再贏回來，再輸掉。他愛那種在擲骰子時、豪賭時，心驚肉跳令人窒息的恐懼感。他愛這種恐懼，愛不斷翻新、不斷升級的強烈刺激。只有在這種刺激下，他才能在渾噩的、醉生夢死的寡淡生活中感受到一絲類似幸福、波瀾和生氣的東西。大筆輸錢後，他又去積累新的財富，狂熱地做生意，嚴厲地逼迫借貸人還帳，只為繼續賭博、揮霍，繼續彰顯他對財富的蔑視。輸錢時，悉達多不再處變不驚。他對拖欠還貸的人失去耐性，對乞丐不再仁慈，對施捨毫無興趣，也不再借錢給求助的人。這個在賭局中狂笑著下注的人在生意場上愈發苛刻吝嗇，甚至他的夢裡都充滿銅臭！每逢他從不堪的迷醉中甦醒，在臥室牆上的鏡中窺見自己業已衰老、不再俊美的臉，羞愧和厭惡就襲上心頭。接著，他繼續逃遁，逃到新的賭局中，逃到性和酒的麻醉中，之後再回到斂錢的衝動裡。在這荒誕的輪迴中，他疲憊不堪，衰老而虛弱。

那時，他被一個夢喚醒。當晚他正同迦摩羅在她的後花園交談，他們坐在樹下。迦摩羅說了些引人深思的話，難掩憂愁和倦煩。她請求悉達多一再為她描述喬達摩的樣子，他的目光如何清澈，嘴唇如何優美，微笑如何親善，步態如何沉靜。一再地，悉達多講著佛陀的事。迦摩羅嗟嘆著，又道：「日後，或許不久，我也要追隨佛陀。我要把我的花園獻給他，皈依他的教義。」

接著，她卻開始挑逗他，帶著苦情與他做愛。她狂熱地緊緊擁抱他，流著淚親他、咬他，彷彿要從虛幻短促的快感中榨取最後一滴甘露。悉達多從未如此明白，性和死是如此相近。之後他躺在她身旁，面對她的臉。他在她的眼角、唇邊讀到從未讀到的焦慮。這些由細密輕淺的皺紋書寫的焦慮讓人想到秋日和晚景。如同悉達多，步入不惑，白髮依稀，迦摩羅美麗的臉上寫滿倦怠。她的美已開始枯萎，帶著隱匿的、未被言說、未被察覺的焦慮：懼怕衰老，懼怕凋敝之秋，懼怕必死的命運。他嘆息著和她道別，靈魂充滿幽閉的哀愁。

夜晚，悉達多在自己的宅邸同舞女飲酒作樂。他傲睨尋歡的同伴，儘管他已毫無自負的資本。他喝了許多酒，午夜後才踉蹌著就寢。他疲憊躁動，幾近痛哭，幾近絕望。他徒勞地試圖入睡，內心滿是無法承受的悲哀，滿是厭惡，就像厭惡令人作嘔的劣酒，過分甜膩淺白的音樂，厭惡舞女的媚笑和她們過分香豔的頭髮和胸脯。但最讓他作嘔的是他自己。他灑了香水的頭髮，噴著酒氣的嘴，鬆懈倦遢的皮膚。一個酒食過度之人，需經受折磨、嘔吐，才能感到輕鬆快慰。這個夜不能寐的人正希望自己能從欲嘔的狂瀾中，從享樂中、惡習中，從失控的生活中，從自身中解脫出來。東方泛白，街上的商鋪已準備開張，他在睏意中昏睡了片刻。這一刻，他做了一個夢：

他夢見迦摩羅養在金籠中罕見的知更鳥。這隻在清晨啼唱的歌鳥突然默不作聲。他感到意外，走近鳥籠窺探。他看見鳥已死去，僵直地躺在籠中。他取出它，放在手中瞧著，之後把它扔到巷子裡。這一刻，他感到異常驚恐又十分心痛。彷彿他把一切寶貴美好的東西，連同這隻死去的鳥一起扔掉了。

驚醒後，他感到自己被深深的悲哀包圍。毫無價值，自己過著既無價值又無意義的生活。了無生氣，他沒有得到任何珍貴的、值得保留的東西。他孤單佇立，空洞得如同岸邊遇難的破船。

悉達多陰鬱地走進花園，鎖上園門，坐在芒果樹下，心中充滿死意和恐懼。他坐在芒果樹下，體察死意和恐懼又如何在胸中幻滅、枯萎，如何走向終結。他緩慢地集中思想，回顧自己的生活。從有記憶的日子開始，他何時幸福，又何時喜悅過？哦！是的，他有過許多幸福和喜悅，少年時他就品嘗過這些滋味。當他贏得婆羅門的誇讚，當他超過其他孩子，出色地背誦聖詩，與賢士們辯論，參與祭祀。那時，他聽見內心的聲音說：「路在前方，走這條路是你的使命。諸神在等你。」青年時，隨著思想之目標不斷高揚，他從志向相當的人中脱穎而出。他在痛苦中思索梵天真諦，每次獲得真知都點燃他新的渴求。在渴求間，痛苦中，他又聽到心中的召喚：「繼續！繼續！這是你的使命！」這聲音召喚他，在他離開家鄉，成為沙門時；在他離開沙門，走向世尊佛陀時；在他離開世尊佛陀，踏入無常時。他已多久沒聽見這聲音？已有多久毫無精進？他走過多少平庸、荒蕪的路。多年來，他沒有崇高目標，沒有渴望，毫無進取。他貪猥無厭，饜足於可憐的嗜好！多年來，他一直在渾然不覺中試圖且盼望成為世人。可他的生活卻因為他懷著別樣的目標和憂慮，遠比那些孩童般的世人更加不幸和貧窮。由迦摩施瓦彌一類人構成的世界於他不過是一場遊戲，一支供人觀賞的舞蹈，一部鬧劇。他唯一珍惜的是迦摩羅。他珍惜她——但依然珍惜嗎？他還需要她，或她還需要他嗎？難道他們不是在無盡的遊戲中遊戲？為這遊戲而活可有必要？不，沒有必要！這遊戲叫做輪迴，一種孩童遊戲，一種或許可愛的遊戲。一次，兩次，十次——難道要不停地遊戲下去？

悉達多這時清楚，遊戲業已終結。他不會再遊戲下去。一陣顫慄襲擊了他的肉體和心靈，他感到某些東西已經死去。

他整日坐在芒果樹下。想著父親、喬文達，想著喬達摩。難道離開他們是為了成為迦摩施瓦彌？黑夜方臨，他仍坐在樹下。舉頭仰望繁星時，他想：「我正坐在我的芒果樹下，我的花園裡。」他淡然一笑——我竟擁有一棵芒果樹，一座花園。這是真實的，必要的嗎？難道這不是一場愚蠢的遊戲？

他與這些做了了斷。它們已在他心中死去。他起身告別芒果樹和花園。

他已整日未食，感到飢餓。他想到自己在城中的宅邸、臥室和床，想到餐桌上的佳餚，疲憊地笑著搖了搖頭。他已同它們告別。

當天深夜，悉達多離開花園和城邑，一去不返。迦摩施瓦彌喚人四處尋找，以為他落入盜匪之手。迦摩羅卻沒有找他。她得知悉達多失蹤後並不驚訝，她早有所料。他本來就是沙門，一個無家可歸的人，一位求道者。在最後的歡聚中，她已更強烈地察覺。她在失卻的痛苦中欣喜，她能最後一次把他緊貼胸口，再一次徹底被他征服。

得知悉達多失蹤後，她走到窗前的金鳥籠前，打開籠門，取出那隻珍稀的知更鳥，放飛了它。她久久地注視著遠去的飛鳥。從這天起，她關閉宅邸，不再見客。不久後，她發現同悉達多最後的交歡令她懷了身孕。

在河邊

Am Flusse

悉達多遠離城邑，步入林中。他只清楚，他不會再回去。多年的生活已一去不返。他嘗夠這生活的滋味，到了噁心的地步。他夢中的知更鳥死了。他心中的鳥也死了。他深困於輪迴的牢籠。似一塊吸飽水的海綿，他嘗夠厭惡和死亡的味道。他渾身膩煩，渾身痛苦，渾身充滿死意。世上再沒什麼能誘惑他，愉悅他，安撫他。

他只盼忘掉自己，得到安寧，甚至死去。只求閃電擊斃他！虎狼吞噬他！只求一杯毒酒麻醉他，讓他遺忘、沉睡，永不醒來！這世上還有哪種穢跡他沒習染？還有什麼罪孽和蠢行他沒觸及？還有哪一隅靈魂的荒蠻之地他沒駐足？他豈能再活？再呼吸？再感覺飢餓，再吃，再睡，再和女人同笫？這輪迴不是耗盡和桎梏了他？

悉達多抵達河畔。年輕時，他從喬達摩的舍衛城中來，有位船夫曾在此渡他過岸。他疑慮著駐足，被疲倦和飢餓折磨：為何繼續走？去哪裡？有何目標？不，除了深切悲痛地盼著拋卻極度荒蕪的夢，傾吐陳腐的酒，終結可憐又可恥的生活，他沒有別的目標。

河畔一株椰子樹的枝幹伸向河面。悉達多倚著樹，抱住枝幹，俯視碧波。河水湍急。他俯視著，心中升騰強烈的願望：撒手，墜入河中。河水映出他靈魂駭人的空虛。是，他已走到盡頭。除了毀掉自我，將失敗的生活粉碎，拋到狂笑的諸神腳下，他別無他途。這不正是他期盼的嘔吐的狂瀾：去死，粉碎他憎惡的肉體！讓它被魚吃掉。這發瘋、墮落而腐朽的肉體，這凋敝耗盡的靈魂，這條悉達多的狗！願它被魚或鱷撕咬，願它被惡魔扯碎！

他神色扭曲地瞪著河水中倒映的臉，嘔吐起來。他虛弱地鬆開抱住枝幹的雙臂，輕微旋轉身軀，好垂直入水，好沉溺。他緊閉雙眼，跌下去，迎接死亡。

這時，自靈魂荒蕪的一隅，自往昔頹廢的生活中傳來一個聲音。這聲音是一個字，一個音節，是神聖的「唵」，是婆羅門禱辭中起始與收束的古老之音。它常意味「圓滿」、「完成」。他喃喃脫口而出。就在「唵」字之音擦過耳畔的瞬間，他長眠的魂魄猛然復甦，他辨認出自己的蠢行。

悉達多深感驚恐。這正是他的境況：絕望，步入歧途，拋棄智識，甚至求死。這幼稚的求死之心不斷滋生，乃至行將擺脫肉體，求得安寧！「唵」字迫入意志的強烈遠勝於近來悔恨和死意的折磨。這一刻促成他在不幸中、在癲狂中認清自己。

「唵！」他自語，「唵！」他又認識了阿特曼，不滅的生命，認識了一切他遺忘的神聖事物。

可這只是剎那，是一道閃電。悉達多跌落在椰子樹下。他疲倦地仰面朝天，念著「唵」，頭枕樹根沉沉睡去。

他許久沒如此無夢地酣睡過，多時後醒來，彷彿過了十年。他聽見河水溫柔地湧動，不知身在何處，不知誰引領他前來。睜開雙眼，他驚訝地望著頭頂的大樹和蒼天回想，可往事蒙著面紗，默然立於無限的遠方。他想了許久，只記起他放棄了過去的生活——在恢復意識的最初，往日有如前世，或當下之「我」的早產——他記起他迫切要丟棄渾身的煩膩與愁悶，甚至赴死。他記起他在河邊的椰子樹下，在神聖的「唵」字脫口而出時復活、甦醒，環顧世界。他輕吟令他沉睡的「唵」。睡眠於他不過是一聲深意又專注的「唵」，一次「唵」的思考，一次隱匿又全然抵達的「唵」——那無名之地，圓滿之地。

多麼暢快的酣睡！沒有哪次睡眠讓他如此煥發神采，重獲新生，恢復青春！或許他真的死了？又從一具新的軀殼中再生？並非如此，他認得自己。他認得自己的手腳，認得此處，認得他胸中的「我」，執拗怪異的悉達多。可這悉達多已變形，脫胎換骨。他奇異地睡去又清醒，愉快又好奇。

悉達多起身，見對面坐著一位穿黃色僧衣的陌生和尚，他彷彿正在禪定。悉達多打量起這位既無頭髮又無鬍鬚的僧人，很快，他認出他是自己青年時代的朋友，皈依佛陀的喬文達。同樣，喬文達也老了，可他神色依舊：熱切，忠貞，審慎。喬文達這時有所覺察，睜開雙眼。他見悉達多已醒，十分高興，他彷彿一直在等他醒來，儘管他並未認出悉達多。

「我睡著了。」悉達多道，「你怎會在此？」

「你睡著了。」喬文達道，「睡在蛇和野獸時常出沒的地方不好。我？先生，我是世尊喬達摩、佛陀釋迦摩尼的弟子。我們僧人去朝聖，見你躺在這危險之處酣睡。先生，我試圖喚醒你，你卻睡得深沉。我留下守候你，可我並不稱職，我好像睡著了，疲憊戰勝了我，儘管我本想守候你。現在你醒了，我該走了，去追趕我的弟兄。」

「我感謝你，沙門，感謝你守候我。」悉達多道，「你們佛陀弟子良善。那麼你走吧。」

「我走了，先生。願你安康。」

「我感謝你，沙門。」

喬文達施禮道：「再會。」

「再會，喬文達。」悉達多道。

僧人駐足。

「允許的話，先生，請問你怎會知道我的名字？」

悉達多笑了。

「我認得你，喬文達。在你父親的屋舍，在婆羅門學園，在祭祀中，在我們追隨沙門的路上，在祇樹給孤獨園你皈依世尊的時刻。」

「你是悉達多！」喬文達叫道，「我認出你。我不明白，我為何沒立即認出你！悉達多，與你重逢我十分高興。」

「與你重逢我也十分高興。我要再次感謝你剛才的守候，儘管我無須守候。你去哪裡，我的朋友？」

「我沒有目的地。我們僧人總在路上，生活規律。宣法，乞食，趕路。雨季後，我們從一處趕往另一處，一貫如此。你呢，悉達多，你去何處？」

悉達多道：「我亦如此，朋友。我沒有目的地。我在求道的路上。」

喬文達道：「你說你去求道，我相信你。但請原諒我，悉達多，你看上去不像求道之人。你穿著富人的衣裳和鞋子，你頭髮飄香。這不像求道者，也不是沙門。」

「是，親愛的，你看得仔細，你銳利的雙眼看穿一切。我並未說我是沙門，我說我去求道。正是，我去求道。」

「你去求道。」喬文達道，「但鮮有求道者如此打扮，我朝聖多年從未見過。」

「我相信你，我的喬文達。可是今天，你遇見如此打扮的求道者，穿這樣的鞋、衣裳。你記得，親愛的：世相無常。我們的裝扮、髮式和身體最為無常。你看得不錯，我穿富人的衣服，因為我曾富有。我的髮式荒淫俗氣，因為我曾荒淫俗氣。」

「可現在，悉達多，現在你是什麼人？」

「我不知道，我知道的不比你多。我在路上。我曾是富人，現在不是。而明天我是什麼人，我不知道。」

「你失去了財富？」

「我失去了財富，或財富失去了我。它已不在。世相之輪飛轉，喬文達。婆羅門悉達多在哪裡？沙門悉達多在哪裡？富有的悉達多在哪裡？無常之物更迭迅速。喬文達，這你曉得。」

喬文達疑惑地長久注視他青年時代的朋友。他向他致意，如同向一位貴人致意，接著繼續趕路。

悉達多微笑著目送他的背影，他依然愛喬文達的忠貞審慎。這醒後被「唵」充滿的神聖時刻，他怎能不愛！這睡眠和「唵」的魔術，讓他喜悅地愛上他所見的一切。此刻，他也見到曾經病入膏肓的自己，他曾不愛任何人，也不愛任何事。

微笑著，悉達多目送遠去的僧人。睡眠令他強健，但飢餓折磨他。他已兩天未食，而他抵抗飢餓的能力已喪失許久。他傷感又幸福地回憶起他曾跟迦摩羅誇耀，他懂三種高貴又制勝的藝術：齋戒、等待、思考。這是他的寶，他的力，他不變的支撐。他用他勤奮艱辛的全部青年歲月修習這三門藝術，如今他卻遺棄了它們，不再齋戒、等待、思考。為了肉體、享樂和財富這些無常之物、卑劣之物，他交付了它們！他陷入古怪的現實。看來，他已真正成為世人。

悉達多艱難地思考自己的處境，儘管他全無思考的興致，卻依舊強行思考。

那麼，他想：無常之物已遠離我。像兒時一樣，我又一無所有，一無所能，無力又無知地站在陽光下。多麼奇異！在青春逝去、兩鬢斑白、體力漸衰的時候一切從兒時開始！他笑了。我的命運真奇特！不斷墮落，直到空洞、赤裸、愚蠢地立於世間。可他並不傷感。不，他甚至想大笑，笑古怪愚蠢的世界。「你竟走了下坡路！」他笑著自語，瞥向河面，河水也歡歌著一路不斷下行。他愉快親切地望著河水，這不是那條他想溺亡的河嗎？是前世，百年前，還是一場夢？

他想，我的人生之路確實古怪曲折。少年時，我只知神明和獻祭。青年時，我只知苦修、思考和禪定；我渴求梵天，崇拜永恆的阿特曼。壯年時，我追隨懺悔者生活在林中，漠視肉體，忍受酷暑嚴寒和飢餓。之後我又奇蹟般地與佛陀和他至高的法義相遇，關乎圓一世界的真理如血液般在我體內奔湧，但我又不得不告別佛陀及其偉大學說。我跟迦摩羅學《愛經》，跟迦摩施瓦彌學做生意。賺錢又輸錢。我學會養尊處優，滿足肉體。我失去精神家園，荒疏思想，忘記圓一。不是嗎？在這漫長曲折的路上，一個男人成了孩子，一位思考者成了世人。然而這條路又十分美好，然而我胸中之鳴鳥尚未死去。這是怎樣的路！為重新成為孩子，為從頭再來，我必須變蠢、習惡、犯錯。必須經歷厭惡、失望、痛苦。可我的心讚許我走這條路，我的眼睛為此歡笑。為收穫恩寵，重新聽見「唵」，為再次酣睡，適時醒來，我必須走投無路，墮入深淵，直至動了愚蠢的輕生之念。為了重新找到內在的阿特曼，我必須先成為愚人。為了再活，我必須犯罪。這條路還會引我去向何方？它如此古怪，泥濘不堪，或許是個旋回。它自便吧，我願隨它走。

他感到胸中沸騰著喜悅。

可這喜悅從何而來？他捫心自問。難道是酣眠撫慰了我？還是來自「我」口中的「唵」？或者因為我徹底擺脫過去，獲得自由，像孩子般站在藍天下？哦！擺脫羈絆，自由自在真好！呼吸這潔淨的空氣真好！而我出逃的地方卻處處是香膏、香料、酒精和慵懶之氣。我痛恨那富人、貪婪者和賭徒的世界！痛恨在那可怕世界裡生活多年的悉達多！痛恨那自我放棄、自我毒害、自我折磨的悉達多，又老又惡的悉達多！不，我不會再重蹈覆轍！我做得不錯，我必須讚美自己，我終結了自我憎恨，終結了可惡荒謬的生活！我讚美你，悉達多！愚蠢多年後又能思想和行動，又能聽見心中鳴鳥的歡歌，又能跟隨它！

他快活地讚美自己，好奇地聽著腹中飢餓的叫聲。他慶幸他最近品嘗了痛苦、絕望和死亡的味道。假如他仍住在綿軟溫柔的地獄，待在迦摩施瓦彌的世界裡贏錢、輸錢，飽食終日，靈魂焦渴，那絕望赴死的一刻就不會到來。而絕望並未毀滅他。他心中的鳴鳥，快樂之源依然活著。他感到快樂並為此歡笑，白髮映襯的臉龐綻放神采。

他想：「親口品嘗塵世的一切很好。儘管孩提時我已知道，淫樂和財富不屬於善。我熟知已久，卻剛剛經歷，不僅用思想，還用眼睛、心靈和肉體經歷。我慶幸我經歷了它！」

他久久深思自己的轉變。鳥兒鳴叫著，像唱著他的歡歌。難道不是這隻鳥已在他心中死去，難道他沒感覺到它的死？不，是一些別的死了。一些早就渴望死掉的東西死了。那死去的，不是他在狂熱的懺悔年代要扼殺的「我」？難道不是他渺小不安又驕傲的「我」，他一直與之對抗又總是敗下陣來的「我」？總是死掉又復活的「我」，禁止歡樂卻捕獲恐懼的「我」？難道不是今天，在林中，在這條可愛的河裡尋死的「我」？難道不是因為這死，他才像個孩子，充滿信任，毫無畏懼又滿懷喜悅？

現在悉達多也明白，為何他作為婆羅門和懺悔者時，曾徒然地與自我苦鬥。是太多知識阻礙了他。太多神聖詩篇、祭祀禮儀，太多苦修，太多作為與掙扎！他曾驕傲、聰敏、熱切，總是先行一步，總是無所不知，充滿智慧，神聖賢明。他的「我」在他的聖徒氣質中、傲慢中、精神性中隱藏起來。在他自以為用齋戒和懺悔能扼殺「我」時，「我」卻盤踞生長著。於是他終於清楚，任何學問也不能讓他獲得救贖，他該聽從內心的祕密之音。為此他不得不步入塵世，迷失在欲望和權力、女人和金錢中，成為商人、賭徒、酒鬼和財迷，直至聖徒和沙門在他心中死去。他不得不繼續那不堪的歲月，承受厭惡、空虛，承受沉悶而毫無意義的生活，直至他最終陷入苦澀的絕望，直至荒淫且利慾薰心的悉達多死去。他死了。一個新的悉達多從睡眠中甦醒。這個新生的悉達多也將衰老，死去。悉達多將消逝。一切有形之物都將消逝。可今天他還年輕，還是個孩子。今天，他是快樂嶄新的悉達多。

他思索著、微笑著傾聽飢腸轆轆，感激地傾聽蜜蜂嗡嗡，愉快地望向水波。他從未對一條河如此著迷，從未發覺河流的奔湧如此悅耳有力。他似乎覺得，河水要告訴他一些特別的事情，一些他從未領悟、尚待領悟的事情。在這條河中，他曾想自溺。而今，那衰老疲憊而絕望的悉達多已經溺亡，新的悉達多卻深愛著湍流！他決定留在河邊。

船夫

Der Fährmann

我要留在河邊，悉達多想。這條河是我當年步入俗世的起點，一位友善的船夫曾渡我過河，我要去找他。離開他的茅舍後，我走向如今業已衰亡的生活——但願我當下的路和新生活也從他那裡起步！

他溫柔地凝視湍急的河水，凝視它清澈的碧波和它祕密繪製的晶瑩波紋。他看見水深處閃耀著珠光，平靜的氣泡嬉戲在如鏡的水面上，藍天倒映在水裡。河水以綠色、白色、透明和湛藍的萬千雙眼回視他。他多愛這條河，多感激它，這條河多令他心醉！他聽見心中重新甦醒的聲音說：愛這條河！留在它身邊！求教它！哦是的，他願跟隨它，傾聽它。他知道，獲悉這條河的祕密，就能獲悉許多別的祕密，所有祕密。

今天，他從河水的祕密中獲悉一個撼動靈魂的祕密。他看見河水不懈奔流，卻總在此處。永遠是這條河，卻時刻更新！哦，這誰能領悟，誰又能懂得！他不能。他只感到河水激起他遙遠的記憶，激起神的聲音。

悉達多起身，忍受無以復加的飢餓，繼續沿河岸踱步。他傾聽淙淙的水聲和體內飢餓的歡叫。

他來到渡口，當年的那條船依舊泊在原處，曾擺渡年輕沙門的船夫站在船旁。他已蒼老，但悉達多立刻認出了他。

「你可願渡我過河？」他問。

船夫驚訝地望著這位獨自踱步的華貴之人，繼而扶他上船，撐船離岸。

「你選擇了一種美好的生活。」客人道，「每天生活在岸邊，行駛在河面，一定十分美好。」

船夫搖櫓微笑道：「的確美好，先生，如你所云。難道不是每種生活、每種勞作都很美好？」

「或許。可我羨慕你的生活。」

「啊，你很快會失去興趣。這種生活不適合穿著體面之人。」

悉達多笑道：「今天，我已因著裝惹人猜疑。船夫，你可願接受我這身累贅的衣服？你知道，我沒錢支付船費。」

「先生玩笑了。」船夫笑道。

「我沒開玩笑，朋友。你看，你曾不計報酬地渡我過河。今天亦如此。還是請收下我的衣服。」

「難道先生要不穿衣服繼續趕路？」

「啊，我倒希望最好不再趕路。船夫，你要是給我條舊圍裙，收我做你的幫手就好了。最好做你的學徒，我要先學會撐船。」

船夫狐疑地長久凝視陌生人。

「我認出你了。」終於，他開口道，「很久以前，二十多年前，我曾渡你過河，你在我的茅舍過夜，我們曾像好友般道別。你那時不是沙門嗎？我已記不得你的名字。」

「我叫悉達多。你初次見我時，我的確是沙門。」

「悉達多，歡迎你。我叫瓦穌迪瓦。我希望你今天仍是我的客人，住在我的茅舍。跟我講講你從哪裡來，為何你的華服成了累贅。」

他們抵達河中央。瓦穌迪瓦凝視船頭，沉靜地以有力的雙臂搖櫓，逆流而行。悉達多坐著，望向他，記起沙門歲月的最後一日，他心中曾對船夫升騰敬意。他感激地接受了瓦穌迪瓦的邀請。靠岸後，他幫船夫將船拴在樁上，隨船夫步入茅舍。船夫端來麵包和水，悉達多歡快地吃著，也吃了芒果。

黃昏時，他們坐在岸邊一根殘株上。悉達多向船夫述說起自己的來歷和生活，述說那些歷歷在目的絕望時刻，直至夜深。

瓦穌迪瓦專注地傾聽。悉達多的出身和童年，苦學與探求，歡樂與困頓。船夫最大的美德是傾聽：他乃少數擅長傾聽之人。即便默不作聲，講述者也能感知他在安靜、坦誠、滿懷期待地傾聽。他既不褒揚亦不挑剔，只是傾聽。悉達多清楚，能向這樣一位傾聽者傾訴自己的生活、渴望與煩憂是何等幸運。

最後，悉達多講到河邊的樹，自己的沉淪，神聖的「唵」，講到他如何在酣眠後愛上這條河。這時，船夫閉起雙眼，加倍專注地傾聽。

二人長久緘默後，瓦穌迪瓦道：「正如我所料，河水向你訴說，與你對話，它也是你的朋友。這好極了！留在這裡吧，悉達多，我的朋友。我曾有過妻子，她的床仍在我的旁邊，但她已過世多年，我獨自生活。你和我一起生活吧，吃住對我們來說甚為充裕。」

「我感謝你。」悉達多道，「我感謝你並接受你的邀請。此外，瓦穌迪瓦，我還要感謝你專心聽我傾訴！懂得傾聽之人極少。而像你這樣懂得傾聽的人我尚未見過。我需向你求教。」

「你自會學到。」瓦稣迪瓦道，「卻不是跟我。我跟河水學會傾聽，你也該跟它學。河水無所不知，求教河水你可學會一切。你瞧，你已學會足履實地，學會沉寂並向深處探尋。富有而高貴的悉達多要成為擺渡人。博學的婆羅門悉達多要成為船夫。這也是河水所示。你還會跟河水學會別的東西。」

沉吟片刻後，悉達多道：「別的指什麼，瓦稣迪瓦？」

瓦稣迪瓦起身。「不早了，」他道，「該休息了。我無法告訴你『別的』指什麼。哦！朋友，你自會學到。或許你已學會。你看，我不是導師，不擅言辭和思考。我只懂傾聽，保持馴良，其他我均未學到。若我能言善道，或許我會成為智者，但我只是個船夫。我的任務是渡人過河。我渡過千萬人過河，他們將我的河視作旅途中的障礙。他們出門賺錢、做生意、出席婚禮或去進香，而這條河擋了他們的路。船夫要幫他們迅速渡過障礙。對於這些人中為數不多的四五人來說，河水卻並非障礙，他們凝神聽水。同我一樣，河水在他們心中聖化。我們該休息了，悉達多。」

悉達多留在船夫處學習搖櫓。若渡口無事，他便跟隨瓦穌迪瓦去稻田耕作，去撿木頭，摘芭蕉。他學製船槳，學補船和編簍，無論學什麼都興致盎然。時日如飛，他跟河水比跟瓦穌迪瓦學到的更多，他永不停歇地向河水求教，首要的是學會拋棄激情和期盼，不論斷、無成見地以寂靜的心、侍奉和敞開的靈去傾聽。

他愉快地生活在瓦穌迪瓦身邊。瓦穌迪瓦不喜多言，悉達多很少能激起他交談的興致。他們只是偶爾交流幾句深思熟慮的話。

「你，」一天，悉達多問瓦穌迪瓦，「你也跟河水悟出『時間並不存在』這一祕密嗎？」

瓦穌迪瓦現出明朗的微笑。

「是的，悉達多。」他道，「你的意思是，河水無處不在。無論在源頭、河口、瀑布、船埠，還是在湍流中、大海裡、山澗中。對於河水來說只有當下。既沒有過去的影子，也沒有未來的影子？」

「是的。」悉達多道，「我領悟到這個道理後，認出我的生活也是一條河。這條河用幻象，而非現實，隔開少年悉達多、成年悉達多和老年悉達多。悉達多的前世並非過去，死亡和重歸梵天亦並非未來。沒有過去，沒有未來。一切都是本質和當下。」

悉達多醉心地講著，這番領悟讓他深感幸福。哦，難道不是時間令人痛苦？難道不是時間折磨人，令人恐懼？人一旦戰勝時間，放逐時間，一切世上的苦難與仇恨不就被戰勝，被放逐了？他醉心地講著，瓦穌迪瓦則微笑著點頭讚許。他輕撫悉達多的肩膀，接著去繼續勞作。

又一次，正值雨季。河水暴漲，水勢兇猛。悉達多問：「朋友，河水可有許多聲音？王的聲音、卒的聲音、牡牛的聲音、夜鶯的聲音、孕育者的聲音、嘆息者的聲音，成千上萬的聲音？」

「正是。」瓦穌迪瓦點頭道，「一切受造者的聲音皆在其中。」

「你可知道，」悉達多繼續道，「當萬千聲音同時響徹耳畔時，它所說的那個字？」

瓦穌迪瓦幸福地微笑著，俯身靠近悉達多，在他耳畔說出神聖的「唵」。這也正是悉達多聽到的。

悉達多和瓦穌迪瓦的笑容越來越像。他們天真無邪，白髮婆娑，臉上綻放同樣的神采，幸福的光華在他們細密的皺紋間盛開。許多旅人見到這對船夫，以為他們是兄弟。夜晚，他們常沉默地坐在岸邊殘株上聽水。對他們來說，這不僅是水聲，也是生命之聲，存在之聲，永恆之聲。他們常在傾聽時心繫一處，想到某次對話，某位他們關注的船客的容貌與命運，想到死與童年。當河水訴說美好時，他們默契相視，為同樣的疑問得到同樣的答覆而欣喜。

一些船客意識到這條船和兩位船夫的非凡。時常，有船客凝望船夫，接著開始述說自己的生活和煩惱，坦白自己的過失，尋求告慰。時常，也有船客為聽水而請求留宿。也有好奇者聽說河邊住著兩位智者、法師和聖人，前來求教。他們提出問題，卻從未得到答案。他們沒有見到法師和智者，只是見到兩位緘默遲鈍、有些特別的老人，於是他們嘲笑那些輕信的愚蠢之人，散布荒謬的謠言。

一年年過去，沒人再談起兩位船夫。

那時，一隊朝聖的僧人，佛陀喬達摩的弟子急迫請求渡河。兩位船夫從他們的交談中獲悉，世尊佛陀病至危篤，肉身將滅，即將進入涅槃。不久，眾僧團紛至沓來。僧侶和徒眾都在談論喬達摩和他瀕臨的圓寂。如同出征或趕往國王加冕，四方如蟻般的人群猶如受施魔法般擁向佛陀靜待滅度之處，擁向即將發生的非凡大事。一位自創世以來最偉大的世尊即將步入永恆。

此刻，悉達多懷念這位警示並喚醒世人的偉大導師。他曾聽他宣法，曾滿懷敬意地凝視他的聖容。悉達多心懷愛意地思念佛陀，回憶他的完滿之路，不禁微笑著記起年少時他對佛陀講過的那番老成又傲慢的話。儘管他並未接受佛陀的法義，但他早已知道，他無法與喬達摩分離。不，一位真正的求道者，真正渴求正覺成悟之人不會接受任何法義。但得道之人卻認可任何法義、道路和目標。沒有什麼能將他和其他萬千駐永恆、通神冥的聖賢隔絕。

這天，在去朝覲佛陀的徒眾中，走來從前最美的名妓，衣著質樸的迦摩羅。她早已結束過去的生活，將花園贈予喬達摩僧團並皈依佛陀，成為朝聖者的施主和成員。她聽說喬達摩病危，就帶著兒子小悉達多步行前往朝覲。

他們抵達河畔。小悉達多不時喊累，他哭著要回家，要休息，要吃。迦摩羅只好隨他頻繁停步。孩子任性，母親不得不餵他吃，安撫他，呵斥他。孩子不理解母親為何帶他踏上辛苦憂傷的朝拜之路，去往陌生地，見一位陌生而垂死的聖人。他死了和小孩有什麼關係？

兩位朝聖者行近瓦穌迪瓦的渡船時，小悉達多再次要求停步。迦摩羅也感到疲倦，便給孩子香蕉充飢，自己席地閉目歇息。突然，她發出一聲痛楚的慘叫，受驚的孩子忙望向她，見她臉色煞白，從她裙下溜出一條小黑蛇。迦摩羅被這條蛇咬傷。

母子倆疾步前行，尋求幫助。臨近渡口時，迦摩羅癱倒在地，無法動彈。孩子一邊抱住母親、親吻母親，一邊淒厲地呼叫。迦摩羅也吃力地求救，直到聲音傳至渡船旁的瓦穌迪瓦耳中。他迅速趕來，將迦摩羅抱到船裡。孩子緊隨其後。很快，他們進了茅舍。悉達多正在爐邊生火。他抬起頭，先見到孩子的臉，這張臉讓他驚訝地記起已經淡忘的往事。接著，他看見迦摩羅，儘管她暈厥地躺在船夫的臂彎中，悉達多還是馬上認出她。他立即明白，這個有著和他相同面孔的孩子是他的兒子。他心潮起伏。

他們清洗了迦摩羅的傷口。她的傷口已經發黑，身體開始腫脹。他們餵她服了藥，好叫她恢復神志。她躺在悉達多的床上，曾經深愛她的悉達多守在一旁。如夢似幻，她含笑回望昔日的戀人。漸漸地，她清醒過來，想起自己已被蛇咬傷，便惶恐地呼叫孩子。

「別擔心，他在你身邊。」悉達多道。

迦摩羅望著他的雙眼。蛇毒令她吐字艱難。「親愛的，你老了。」她說，「頭髮白了。但你仍是當年那個赤裸身體，雙足布滿灰塵，來我花園的沙門。你比當年離開我和迦摩施瓦彌時更像那個沙門。悉達多，你又有了沙門的眼睛。啊，我也老了，老了——你可認出我？」

悉達多含笑道：「我一眼就認出你。迦摩羅，親愛的。」

迦摩羅指著孩子：「你可也認得他？他是你的兒子。」

她目光迷離，閉起雙眼。孩子哭起來。悉達多把他抱到膝頭，任他哭，又撫摩他的頭髮。他望著孩子的臉，想起自己兒時學過的婆羅門禱文，開始慢聲吟唱起來，禱辭從往昔和童年湧向他。孩子在吟唱聲中平靜下來，他抽泣兩聲便沉沉睡去。悉達多把他放在瓦穌迪瓦的床上。瓦穌迪瓦正在爐邊燒飯，悉達多瞥向他，他以微笑作答。

「她快死了。」悉達多輕聲道。

瓦穌迪瓦點頭。爐灶裡的火焰閃耀在他慈祥的面孔上。

這時，迦摩羅再次恢復神志，她的臉因痛楚而扭曲著。悉達多在她的嘴唇和蒼白的雙頰上讀出這痛楚，他安靜而專注地守候她，沉浸在她的痛楚中。迦摩羅有所察覺，她用目光尋找他的眼睛。

她看見他，說道：「我看到，你的眼睛變了，不同於從前。可我是怎麼認出你的？你是悉達多，卻又不是。」

悉達多不語，他安靜地望著她的眼睛。

「你實現目標了嗎？」她問，「找到你的安寧了嗎？」

他笑了，手撫在她的手上。

「我懂。」她道，「我懂得。我也會找到我的安寧。」

「你已經找到了。」悉達多輕聲道。

迦摩羅看著悉達多。她想起自己本是去朝覲喬達摩，去親眼目睹佛陀的聖容，吸納他的平和，卻和悉達多重逢。這樣也好。和見到佛陀同樣好。她想把這告訴他，可舌頭卻不聽使喚。她默默望著他。他從她眼中看出她的生命之光即將熄滅。當最後的痛苦在她眼中縈回又破碎，當最後的戰慄驚掠她的身軀，他闔上了她的眼瞼。

他呆坐著，凝視她長眠的臉，她衰老、疲憊，不再豐滿的嘴唇，想起早年自己曾把它比作新鮮開裂的無花果。他呆坐著，凝視她蒼白的臉，倦怠的皺紋，彷彿凝視自己蒼白倦怠的臉。他看見他們年輕時的容顏，鮮紅的嘴唇，炙熱的雙眼。兩種情境交織著充滿他，成為永恆。他比以往更深刻地體會到生命不滅，剎那即永恆。

他起身。瓦穌迪瓦已備好米飯，可悉達多沒吃。兩位老人坐在羊圈的草堆上。瓦穌迪瓦躺下睡熟，悉達多則走出去，坐在深夜的屋舍前。他傾聽河水奔湧，沉浸在往事中，被一生的時光觸摸，簇擁。時而他站起來，走到茅舍門口，看一眼熟睡的孩子。

清晨的太陽尚未徹底升起，瓦穌迪瓦便走出羊圈，來到朋友身邊。

「你沒睡。」他道。

「我沒睡，瓦穌迪瓦。我在這聽水，河水講了許多，它有益又統一的思想充滿我。」

「你經受了痛苦，悉達多，可我並未發現你心頭的悲傷。」

「沒有，親愛的，我為何悲傷？我富足、幸福，如今我更為富足、幸福。我有了兒子。」

「我歡迎你的兒子，悉達多。我們該去勞作了，事情很多。迦摩羅死在我過世妻子的床上，我們也該在焚化我妻子的山丘上為迦摩羅架起柴堆。」

孩子仍在熟睡。他們架起了柴堆。

兒子

Der Sohn

孩子哭著，瑟縮著出席了母親的葬禮，又陰鬱著，怯生生地聽悉達多喚他兒子，歡迎他留在瓦穌迪瓦的茅舍。他面色蒼白，整日坐在母親墳旁，不吃不喝，目光呆滯，心扉緊鎖著抗拒命運。

悉達多疼惜他，由著他，尊重他的悲傷。悉達多理解，兒子跟他不熟，不能像愛父親那樣愛他。漸漸地，他發覺這個十一歲的孩子已被母親寵壞。他在富有的環境中長大，習慣了美食、軟床、使喚僕從。悉達多明白，一個悲傷又驕恣的孩子不會突然甘心待在陌生貧窮的地方。他不強迫他，而是為他做事，把最好的留給他。他希望善意的忍耐能慢慢贏得孩子的心。

孩子來時，他曾說自己富足而幸福。日子一天天過去，孩子卻仍舊自負而心硬，對他冷漠疏遠，不願勞作，冒犯長輩，偷摘瓦穌迪瓦的果子。悉達多開始意識到，孩子帶來的不是幸福安寧，而是痛苦憂慮。可是他愛他，寧願忍受愛的痛苦和憂慮，也不願接受沒有他的幸福和快樂。

小悉達多住進茅舍後，兩位老人就分了工。瓦穌迪瓦獨自承擔渡口的工作，悉達多則和兒子忙於茅舍和田間活計。

幾個月來，悉達多一直期待兒子能理解他，接受他的愛，甚至對他的愛有所回應。幾個月來，瓦穌迪瓦也默默觀望，期待。一天，小悉達多又折磨父親，對他任性不遜，還打碎兩個飯碗。當晚，瓦穌迪瓦把朋友叫到一邊，同他交談。

「原諒我，」他道，「出於善意，我得和你談談。我看到你折磨自己。你很苦惱。親愛的，你的兒子讓你擔憂。我也擔憂他。這隻小鳥在另一個巢穴過慣了另一種生活。他不像你，出於憎惡和厭倦逃離城邑和富裕的生活。他是違背意願，不得不放棄那一切。我問河水，哦，朋友，我多次求問河水，可河水只報以嘲笑。它笑我，也笑你。它顫抖著嘲笑我們的愚蠢。水歸於水。年輕人歸於年輕人。你兒子待在一個讓他不快的地方。你也問河水，聽取河水的意見吧！」

悉達多苦悶地望著他可親的臉，這張臉上細密的皺紋間駐滿喜樂。「我怎能和他分開？」他羞愧地輕聲道，「親愛的，給我些時間！你看，我正努力以愛和善意的忍耐爭取他，贏得他的心。河水也將跟他交談。他也是奉召而來。」

瓦穌迪瓦的笑容愈加溫和。「是的，他也奉召而來。他也來自永恆的生命。可是你和我，我們知道他為何奉召而來？走什麼路？做什麼事？受什麼苦？他受的苦不會少。心硬又傲慢的人會受很多苦，會迷路，會做錯事，會擔許多罪孽。我親愛的，告訴我：你不教育你的兒子？不強迫他？不打他？不責罰他嗎？」

「不，瓦穌迪瓦，這些我不做。」

「我知道。你不強迫他，不打他，不控制他，因為你知道柔勝於剛，水勝於石，愛勝於暴。很好，我讚賞你。可你不強迫不責罰的主張，難道不是一種過失？難道你沒有用愛束縛他？沒有每天用善和忍，令他羞愧為難？你難道沒有強迫這自大放肆的孩子，同兩個視米為佳餚的老傢伙住在茅舍裡？老人的思想可不會與孩子相同。他們心境蒼老平靜，連步態都跟孩子不同。難道這一切不是對孩子的強迫和懲罰？」

悉達多錯愕地垂下頭，輕聲問：「你說我該怎麼辦？」

瓦穌迪瓦道：「送他回城裡，回他母親的宅邸，把他交給宅中僕從。如果那裡已無人，就帶他去找個老師，不是為學知識，而是為讓他回到孩子中，回到他的世界。這些你難道沒想過？」

「你看透了我的心。」悉達多淒然道，「我常有此想法。可是你看，我怎能把這個心硬的孩子送到那個世界去？難道他不會放肆地沉迷於享樂和權力，不會重複他父親的過失，不會完全迷失於輪迴之中？」

船夫綻放笑容。他溫柔地撫摩悉達多的臂膀：「朋友，去問河水吧！你聽，它在發笑！你果真相信，你的蠢行，能免除他的蠢行？難道你通過教育、祈禱和勸誡，能保他免於輪迴？親愛的，你曾對我講過引人深思的婆羅門之子悉達多的故事，難道你完全忘記了？是誰保護沙門悉達多免於罪孽、貪婪和愚昧？是他父親的虔誠，老師的規勸，還是他自己的學識和求索？人獨自行過生命，蒙受玷污，承擔罪過，痛飲苦酒，尋覓出路。難道有人曾被父親或老師一路庇護？親愛的，你相信有人能避開這道路？或許小悉達多能，因為你愛他，你願意保他免於苦難和失望？但是就算你替他捨命十次，恐怕也不能扭轉他命運的一絲一毫！」

瓦穌迪瓦從未說過這麼多話。悉達多誠摯道謝後，憂慮著步入茅舍，久久無法入睡。瓦穌迪瓦的話他明白，且都曾思量過。但那只是認知，他無法行動。因為比認知更強烈的是他對孩子的愛，他的柔情，他對失去孩子的恐懼。他何曾如此迷失？何曾如此盲目、痛苦，何曾如此絕望又幸福地愛過一個人？

悉達多無法接受朋友的忠告。他無法送走兒子。他任由他命令他，輕視他。他沉默，等待。每日在內心默默發動善意和忍耐的無聲之戰。瓦穌迪瓦也寬容體諒地沉默著，等待著。在隱忍方面，他倆都堪稱大師。

一次，悉達多在孩子臉上看見迦摩羅的影子。他不禁突然記起年輕時迦摩羅曾對他說過：「你不會愛。」他贊同她的話。那時，他把自己比作孤星，把孩童般的世人比作落葉。儘管他在她的話中聽到責備。的確，他從未忘形地熱戀一個人。從未全然忘我地去為了愛做蠢事。他從未愛過。他認為這是他與孩童般的世人的根本區別。可是自從兒子出現，他悉達多卻成了完全的世人。苦戀著，在愛中迷失；因為愛，而成為愚人。而今，他感受到生命中這遲來的強烈而奇異的激情，遭苦難，受折磨，卻充滿喜悅，獲得新生，變得富足。

他切實感到，對兒子盲目的愛，是一種極為人性的激情。它或許就是輪迴，是渾沌之泉，黑暗之水。同時他也感到，愛並非毫無價值。它源自天性，是一種必需。愛的欲望該得到哺育，痛苦該去品嘗，蠢行該去實踐。

兒子最近讓他做盡蠢事。他讓他低三下四，他的放肆讓他每日受盡屈辱。這個父親既不會取悅兒子，也無法讓兒子敬畏。他是個善良、仁慈而溫和的好人；或許還很虔誠，是個聖人——可這些德性不能贏得孩子的心。這位父親讓兒子感到無聊，他把他困在這破敗的茅舍裡，讓他感到煩悶。他對他的無禮報以微笑，對他的辱罵報以友善，對他的惡毒報以寬容。這難道不是這個老偽君子可惡的詭計！他寧願他恐嚇他，虐待他。

這天，小悉達多爆發了。他公然反對父親。父親派他去撿柴，他卻不肯踏出茅舍，他傲慢惱怒地站著，用力踏地，緊攥拳頭，仇視而輕蔑地朝父親吼叫。

「你自己去撿柴吧！」他大發雷霆，「我不是你的奴僕！我知道你不會打我，你根本不敢！我知道你要用你的虔誠和寬容來懲罰我，羞辱我。你希望我像你一樣虔敬、溫順、明智！可是我，你聽著，我要讓你痛苦。我寧願做扒手、殺人犯、下地獄，也不願做你！我恨你。你不是我父親，哪怕你做過我母親十次的姘夫！」

他憤怒又悲傷，粗野又惡毒地咒罵父親。之後奪門而去，深夜才回來。

次日一早，他不見了。隨之無蹤的還有小船和盛放船錢的樹皮編織的雙色籃簍，裡面有些銅板和銀幣。悉達多發現小船泊在對岸，孩子已逃走。

「我得去追他。」悉達多道，儘管他因孩子昨天的辱罵悲痛得發抖，「一個孩子根本無法獨自穿過森林。他會喪命。瓦穌迪瓦，我們得紮個竹筏過河。」

「我們紮個竹筏吧。」瓦穌迪瓦道，「也好把孩子帶走的船取回。可是他，你該放他走。朋友，他不再是孩子了，他會保護自己。他要回城裡，他做得對。別忘了這點，他做的，正是你耽擱的事。他設法走自己的路。啊，悉達多，我看見你在承受被人付之一笑的痛苦。不久，你也會嘲笑自己的痛苦。」悉達多並未作答。他已拿起斧子開始紮竹筏，瓦穌迪瓦幫他用草繩捆紮竹筏，之後他們划向對岸。筏子被河水遠遠地沖向下游，他們奮力逆流而進，終於抵達對岸。

「你為何帶著斧子？」悉達多問。

「我們的船槳可能已經丟失。」瓦穌迪瓦答。

悉達多清楚朋友的想法。他想，孩子為報復，為阻止他們追趕，會將船槳扔掉或損壞。果然，船裡沒有船槳。瓦穌迪瓦指著船底，微笑望著朋友，似乎在說：「難道你沒看出他的意思？難道你沒看出他不願被人跟隨？」可他並未說出。他開始動手製作新船槳。悉達多則同他道別，去尋找逃跑的孩子。瓦穌迪瓦沒有阻攔。

悉達多在林中走了很久，他意識到尋找毫無意義。兒子要麼早已走出森林，抵達城裡；要麼還在路上。但他若見有人跟蹤，定會躲藏起來。他繼續思考，發覺自己並不為兒子擔心。他心裡清楚，兒子既不會喪命，也不會在林裡發生意外。可他卻不能停下腳步，不是為救孩子，只為盼著或許還能見上一面。他就這樣一直走到城裡。

在臨近城裡的大路上，他駐足於那座曾經屬於迦摩羅的漂亮花園門口。就是在這裡，他第一次見到轎中的迦摩羅。記憶重現，他彷彿看見一位年輕沙門，鬍鬚蓬亂，赤身露體，頭上布滿灰塵。悉達多長久駐足。透過敞開的門，他朝花園望去，見穿僧衣的僧人們在蒼翠的樹下走動。

他佇立著，沉思著。過去的生活似一幅畫卷展現眼前。他佇立良久，望著往來的僧人，就像望著年輕的自己和迦摩羅漫步於蒼翠的樹下。他清晰地看見他如何受到迦摩羅的款待，如何得到她的第一個吻，如何自負而輕蔑地回顧他的婆羅門歲月，自豪又充滿渴望地開始世俗生活。他看到迦摩施瓦彌，看到僕人、盛宴、賭徒、樂師，看到籠中的知更鳥。他似乎墜入輪迴，再次經歷一切，再次衰老、疲憊、噁心，再次渴望解脫，再次靠神聖的「唵」得到治癒。

在花園門口長久佇立後，悉達多意識到，他進城的渴望是愚蠢的。他不能幫助兒子，也不該牽絆他。他深愛著逃走的孩子。他的愛像一道傷口。他感到傷口的存在不該只為在心中潰爛，它應該風化、發光。

可眼下這傷口尚未風化發光。它讓他感到憂傷。在這塊傷口上，去追尋兒子的渴念已消失無蹤，徒留虛空一片。他憂傷地席地坐下，感到內心的一些東西正在死去。他感到虛無，看不到快樂，也沒有目標。他坐下，禪定，等待。他跟河水學會了等待、忍耐、傾聽。他坐在塵土中傾聽，傾聽自己疲憊又哀傷的心跳，等待某種聲音。他傾聽了個把鐘頭，再也看不見任何景象，聽憑自己沉淪，陷入空無，看不到前路。當傷口灼痛時，他就無聲默誦「唵」，讓自己被「唵」充滿。花園裡的僧人見他坐了許久，花白的頭髮上已滿是塵土。一位僧人過來，在他面前放下兩隻芭蕉。他並未看見。

恍惚中，一隻撫摩他肩頭的手將他喚醒。他馬上認出這種溫柔又忠貞的撫慰，回過神來。他起身，向追來的瓦穌迪瓦問好。他望著瓦穌迪瓦可親的臉，細密的皺紋間洋溢的笑，望著他明亮的雙眼，也跟著微笑起來。他看見了面前的芭蕉，拾起來，遞給船夫一隻，自己吃一隻。之後，他跟隨瓦穌迪瓦默默穿過森林，回到渡口。他們都不提今天發生的事，不提孩子的名字，不提他的逃走，誰也不觸碰傷口。悉達多回到茅舍後躺在床上。瓦穌迪瓦走來遞給他一碗椰汁，發現他已經睡著。

唵

Om

傷口仍久久灼痛。悉達多見到攜兒帶女的船客總不免羨慕，哀怨：「為何我不擁有這萬千人擁有的幸福？即便惡人、竊賊、強盜，也有愛他們、他們愛的孩子，為何獨我沒有？」他就這樣簡單地、毫無理智地哀怨著，和世人一模一樣。

如今，他待人比從前少了聰明、傲慢，多了親切、好奇、關心。如今，他見到那些常客——孩童般的世人，商人、兵士、婦人，不再感到陌生：他理解他們。理解並同情他們不是由思想和理智，而是由衝動和欲望掌管的生活。他感同身受。儘管他已近乎完人，只承受著最後的傷痛，卻視世人如兄弟。他不再嘲笑他們的虛榮、欲望和荒謬，反而通曉他們，愛戴敬重他們。母親對孩子盲目的愛，父親癡愚盲目地為獨子驕傲，賣弄風情的年輕女人盲目狂野地追求珠寶和男人獵豔的目光——對現在的悉達多來說，所有這些本能、簡單、愚蠢，卻極為強烈鮮活的欲望不再幼稚。他看到人們為欲望而活，因欲望不斷創造、出行、征戰，不斷受難。他愛他們。他在他們的每種激情、每種作為中看到生命、生機，看到堅不可摧之物和梵天。他在他們盲目的忠誠、盲目的強悍和堅韌中看到可愛和可敬之處。世人和學者、思想者相比應有盡有，除了唯一微不足道的東西：自覺。對生命整體的自覺思考。時常，悉達多甚至懷疑自覺的價值被高估，或許它只是思想者的天真。思想者只是思想的孩童般的世人而已。其他方面，世人和智者不僅不相上下，反而時常考慮得更深遠。就如同動物在必要時強勁決絕的作為，往往勝於人類。

一種認知逐漸在悉達多頭腦中壯大，成熟。究竟什麼是智慧？什麼是他的目標？不過是在生命中的每個瞬間，能圓融統一地思考，能感受並融入這種統一的靈魂的準備，一種能力，一種祕密的藝術。這種認知在悉達多頭腦中繁盛，又反映在瓦穌迪瓦蒼老的童顏上：和諧、喜悅、統一，對永恆圓融世界的學識。

可傷口依然灼痛。悉達多苦苦思念著兒子。他耽於愛和柔情，任憑痛苦吞噬，體驗一切愛的癡愚。這火焰無法自行熄滅。

這天，傷口又灼痛得厲害。悉達多被渴望折磨。他毅然渡河登岸，進城尋子。正值旱季的河水輕柔湧動，水聲卻有些奇特：它在笑！它的確在笑。它清脆響亮地嘲笑著老船夫。悉達多停下腳步，俯身貼近水面傾聽。他看見平靜的水面上倒映出他的臉，這張臉似乎讓他記起遺忘的往事。他沉思片刻，繼而發覺這張臉跟一張他熟悉、熱愛又敬畏的臉十分相似。那是他父親的臉，那個婆羅門的臉。

他記起年輕時曾如何迫使父親答應他出門苦修，如何同父親告別，如何離家，之後又再未回去。難道父親不是為他受苦，如同他現在為兒子受苦？難道父親不是再沒見到兒子，早已孤零零地死去？這難道不是一幕奇異又荒謬的諧劇？不是一場宿命的輪迴？

河水笑著。是的，正是如此。一切未受盡的苦，未獲得的救贖都會重來。苦難從未改變。悉達多重新登船，返回茅舍。他想著父親、兒子，內心掙扎著，幾近絕望。他被河水嘲笑，也想跟隨河水大聲嘲笑自己和整個世界。啊，這傷口尚未風化，他的心仍在抗拒命運，他的苦難仍未綻放喜悅和勝利的光華。可他卻感受到希望。回到茅舍後，他迫切要向瓦蘇迪瓦傾訴，向這位傾聽大師敞開心扉。

瓦蘇迪瓦正坐在茅舍裡編一隻籃簍。他的視力開始衰退，臂力大不如前，已經不再渡船。只是他臉上的善意和喜樂未曾改變。

悉達多坐在老人身邊，慢慢說起他從未說過的事。說他上次進城尋子後內心留下的傷口，說他羨慕那些幸福的父親，說他對這愚念的認識，說他內心徒勞的掙扎。他坦白最狼狽的事，無所顧忌地暴露傷口。他說他今天如何被灼痛擊敗，孩子氣地逃過河，非進城不可，河水又如何嘲笑他。

他說了許久。瓦穌迪瓦安靜地傾聽。悉達多感到瓦穌迪瓦此刻的傾聽比以往更加有力。他將痛苦、惶恐、隱祕的希望傳遞給他，又被他傳遞回來。向這位傾聽者袒露傷口，如同在河中沐浴，傷口冷卻後與河水合一。在不斷的述說、坦白和懺悔中，悉達多愈加感到，傾聽者不再是瓦穌迪瓦，不再是一個人。這位不動聲色的傾聽者接納他的懺悔，如同樹木接納雨水。他是神的化身，是永恆的化身。悉達多不再舔舐傷口，對瓦穌迪瓦認知的改變占據了他。他認知得愈深，愈不再詫異，愈看得清楚。一切都自然，有序。瓦穌迪瓦一直如此，只是不為他所知。即便是他自己，也幾乎未曾改變。他感到他看待瓦穌迪瓦，如同世人看待諸神。這不會長久。他一邊述說，一邊在心中與瓦穌迪瓦告別。

悉達多講罷，瓦穌迪瓦親切地默默望向他，雙目恍惚。無聲的愛和喜悅、理解和明瞭閃耀在他周身。他拉起悉達多的手，走向岸邊，坐下。他們一起微笑著望向河水。

「你聽見了河水的笑聲。」瓦穌迪瓦道，「但你尚未聽見全部聲音。我們傾聽吧，你會聽到更多。」

他們傾聽河水溫柔的合唱。悉達多凝視水面，望見流動的水上浮現出許多畫面：他看見孤單的父親哀念著兒子，孤單的自己囚禁在對遠方兒子的思念中；他看見孤單年少的兒子貪婪地疾進在熾烈的欲望之路上。每個人都奔向目標，被折磨，受苦難。河水痛苦地歌唱著，充滿渴望地歌唱著，不斷湧向目標，如泣如訴。

「你可聽見？」瓦穌迪瓦以目光無言相問。悉達多點頭。

「再聽！」瓦穌迪瓦輕聲道。

悉達多加倍專注於傾聽。父親、自己和兒子的形象交匯。還有迦摩羅、喬文達、其他人，他們的形象交匯並融入河水，熱切而痛苦地奔向目標。河水詠唱著，滿載渴望，滿載燃燒的苦痛和無法滿足的欲望，奔向目標。悉達多看見由他自己，他熱愛的、認識的人，由所有人組成的河水奔湧著，浪花翻滾，痛苦地奔向多個目標，奔向瀑布、湖泊、湍流、大海；抵達目標，又奔向新的目標。水蒸騰，升空，化作雨，從天而降，又變成泉水、小溪、河流，再次融匯，再次奔湧。然而渴求之音有所改變，依舊呼嘯，依舊滿載痛苦和尋覓，其他聲音，喜與悲、善與惡、笑與哀之聲，成千上萬種聲音卻加入進來。

悉達多側耳傾聽。他沉潛於傾聽中，徹底空無，完全吸納。他感到他已完成了傾聽的修行。過去，他常聽到河水的萬千之音，今天卻耳目一新。他不再分辨歡笑與哭泣之聲、天真與雄渾之聲。這些聲音是為一體。智者的笑，怒者的喊，渴慕者的哀訴，垂死者的呻吟，糾纏交織著合為一體。所有聲音、目標、渴望、痛苦、欲念，所有善與惡合為一體，構成世界，構成事件之河，生命之音樂。當他專注於河水咆哮的交響，當他不再聽到哀，聽到笑，當他的靈魂不再執念於一種聲音，自我不再被占據，而是傾聽一切，傾聽整體和統一時，這偉大的交響，凝成了一個字，這個字是「唵」，意為圓滿。

「你可聽見？」瓦穌迪瓦的目光再次無聲相問。

他的皺紋被燦爛的笑點亮，就像「唵」盤旋在河水的交響之上。他的笑容充滿光明。他親切地瞥向悉達多，悉達多的笑容同樣耀眼。他的傷口已綻放，痛苦已風化，他的自我融入統一之中。

此刻，悉達多不再與命運搏鬥，不再與意志作對。他的痛苦已然止息，他的臉上盛放喜悅。他認知了完滿，贊同事件之河，贊同生活的奔流，滿是同情，滿是喜悅，順流而行，融入統一。

瓦穌迪瓦起身，注視悉達多的眼睛，看到他眼中閃耀著認知的歡樂。他輕撫他的肩膀，謹慎而溫柔地說道：「我在等候這一時刻，親愛的，現在它終於來臨。讓我走吧，我已等候良久，我已做了太久的船夫。現在已結束。祝福你，茅屋，河水；祝福你，悉達多！」

悉達多向辭行者深深鞠躬。

「我早已知道。」他輕聲道，「你要去林中？」

「我要去林中，去融入統一。」瓦穌迪瓦光芒四射。

悉達多懷著深深的喜悅與誠摯目送他遠去。他步伐平和，渾身滿是華彩，滿是光明。

喬文達

Govinda

喬文達曾和其他僧侶一道，在名妓迦摩羅贈予喬達摩弟子的林苑內，度過一段休憩時光。他聽說距此一天路途的河畔，住著位船夫。他是一位聖賢。離開林苑後，喬文達選擇前往渡口方向，期盼見到船夫。儘管他一生遵循僧規，因高齡謙遜受到青年僧人的敬重，但他的不安與探求尚未止息。

抵達河畔後，他請求老人渡他過河。下船時，他道：「船夫，你對僧人和朝聖者十分友善。你渡許多人過河。你可是位求道者？」

悉達多蒼老的雙眼飽含笑意。他道：「可敬的人，你已年邁，仍穿著喬達摩弟子的僧服。你自認是位求道者嗎？」

「我確實已老邁。」喬文達道，「但我尚未停止探求，永遠不會停止探求。這看來是我的使命。你也曾探求，尊敬的人，你可願說與我聽？」

悉達多道：「可敬的人，我該對你說什麼？說你探求過多？還是說你的探求並無所獲？」

「怎麼？」喬文達問。

「一個探求之人，」悉達多道，「往往只關注探求的事物。他一無所獲，一無所納。因為他一心想著探求，被目的左右。探求意味著擁有目標。而發現則意味自由、敞開、全無目的。可敬的人，你或許確實是位探索者。但你卻因努力追求目標，而錯過了些眼前事物。」

「我尚未完全明白，」喬文達請求道，「此話怎講？」

悉達多道：「多年前，可敬的人，你到過河畔，遇見一位酣睡之人。你守候他安眠，哦，喬文達，你卻並未認出他。」

「你是悉達多？」他驚詫地問，「這次我又未認出你！我衷心問候你，悉達多，又見到你我由衷高興！你變化很大，朋友。——你又成為了船夫？」

悉達多親切地笑道：「是的，喬文達。我是船夫。有些人不斷變化，著各式衣裝，我亦如此。親愛的，歡迎你，喬文達，今晚你在我的茅舍留宿吧。」

喬文達在茅舍留宿，睡在瓦穌迪瓦從前的床上。他向年輕時的好友提出諸多問題，而悉達多則向他講述自己的生活。

次日清晨，繼續趕路的時辰已到。喬文達不無猶豫，他道：「在上路之前，悉達多，請允許我再提一個問題。你可有自己的學說？可有指引、幫助你生活的信仰或學問？」

悉達多回答：「你知道，親愛的，年輕時我們和苦行僧一同生活在林中。那時，我就懷疑、背離了種種學說和老師。現在我依然如此。可從那以後，我卻有過多位老師。很長時間，一位美豔的名妓做過我的老師。還有一位富商，幾個賭徒。一次，一位僧人在朝聖路上見我睡在林中，停下來守候我，他也是我的老師。我向他學習，感激他。但我所學最多的，是跟隨這條河和我的前輩，船夫瓦穌迪瓦。他是位質樸的人，並非哲人，但他對運命的深解有如喬達摩。他是完人，聖人。」

喬文達道：「哦，悉達多，你和從前一樣喜歡說笑。我相信你，知道你並未追隨任何老師。但你自己，即便沒有學說，也該有某些你特有的、扶持你生活的思想和認知。如果你願意講講，我會由衷高興。」

悉達多道：「我有過思考，對，也有過認知。有時，一個時辰或一日，我被認知充滿，如同人們在心中感知生命。有些認知很難與你分享。你看，我的喬文達，這就是我的認知：智慧無法言傳。智者試圖傳授智慧，總像癡人說夢。」

「你在說笑？」喬文達問。

「我並未說笑。我說的是我的認知。知識可以分享，智慧無法分享，它可以被發現，被體驗。智慧令人安詳，智慧創造奇蹟，但人們無法言說和傳授智慧。這是我年輕時發現，並離開老師們的原因。我有一個想法，喬文達，你又會以為是我的玩笑或癡愚，但它是我最好的考量：真的反面同樣真實！也就是說，只有片面的真才得以以言辭彰顯。可以思想和言說的一切都是片面的，是局部，都缺乏整體、完滿、統一。世尊喬達摩在宣法和談論世界時，不得不將世界分為輪迴和涅槃、幻象和真相、苦與救贖。宣法之人別無他途，而我們周圍和內在的世界卻從未淪於片面。尚無一人，尚無一事，完全輪迴或徹底涅槃。尚無一人絕對神聖或絕對罪孽。之所以如此，是因為我們受制於幻象，相信時間真實存在。時間並不真實存在，喬文達，我時有感悟。而如果時間並非實在，世界與永恆、苦難與極樂、善與惡的界限亦皆為幻象。」

「怎麼？」喬文達謹慎問道。

「聽好，親愛的。你聽好！罪人。我是罪人，你是罪人。但罪人終將成為梵天，證悟涅槃，得以成佛。只是，這『終將』乃為幻象。僅是譬喻！罪人並未走在成佛之路上，他並未處於發展中——儘管我們的思維認為其處於發展中，無法具備其他想像。不，在罪人身上，現在和今天的他即是未來的佛。他的未來已然存在。你須將罪人、你自己和一切人，尊為將成之佛、可能之佛、隱匿之佛。喬文達，我的朋友，世界並非不圓滿。世界並非徐緩地行進在通向圓滿之路：不，世間的每一瞬間皆為圓滿。一切罪孽都承載寬赦，所有孩童身上都棲息老人，所有新生兒身上都棲息亡者，所有將死之人都孕育永恆的生命。沒人能看清他者的道路。強盜和賭徒的路或許通向佛陀，婆羅門的路或許通往強盜。在最深的禪定中存在這種可能：時間被終結，人視過往、當下和未來的生活為同時。這時，一切皆為善、圓滿和梵天。因此在我看來，世間存在的一切皆好。在我看來，死如同生，罪孽猶如神聖，聰明等同愚蠢。一切皆有定數，一切只需我的讚賞、順從和愛的默許。這樣於我有益，只會促進我，從不傷害我。我聽便靈魂與肉體的安排，去經歷罪孽，追逐肉欲和財富，去貪慕虛榮，以陷入最羞恥的絕望，以學會放棄掙扎，學會熱愛世界。我不再將這個世界與我所期待的，塑造的圓滿世界比照，而是接受這個世界，愛它，屬於它。——哦，喬文達，這就是我的一些思考和感悟。」

悉達多彎腰，拾起地上的一塊石頭，在手中掂量。

「這個，」他擺弄著，「是一塊石頭。一段時間後，它或許成為土，生出植物，變成動物，變成人。過去我會說，它不過是塊石頭，毫無價值，屬於幻象世界。或許它在進化輪迴中變成人或鬼，那麼我賦予它價值。過去我這麼想。但今天我卻想，這塊石頭就是石頭。它也是動物，是神，是佛。我不會因它終將變為這個或那個而敬愛它，而會因為它一直是石頭——正因為它是石頭——今天和現在出現在我面前的石頭而愛它。看到它每條紋理中，每道溝渠中，黃色、灰色中，堅硬中，我敲擊它發出的聲音中，它表面的乾燥和潮濕中存在的意義和價值。有些石頭如油如皂，有些像葉似沙，每塊石頭都不同，都以其特有的方式念誦著『唵』。每塊石頭都是梵天，但同時，它又確實是石頭。油膩，光滑。恰恰是這些讓我歡喜，感到驚奇，產生崇敬──但我不想繼續言說。對於隱匿的意義來說，言語無益。它總在言說中歪曲，變異，變蠢──是，即便這一點也極好，令我歡喜。一個人的寶藏與智慧，在他人聽來卻是愚癡，連這我也認同。」

喬文達默不作聲。

「你為何與我說一塊石頭？」他停頓後，遲疑地問。

「並無意圖。或許我想說，我愛石頭、河水，愛所有我們可見並可以求教之物。我愛一塊石頭，喬文達，愛一棵樹或一塊樹皮。這些是物，可愛之物。但我不愛言辭，學說於我毫無價值。它們沒有力，沒有柔，沒有顏色，沒有棱角，沒有氣味和味道。作為言辭，它一無所有。或許正是言辭阻礙你獲得安寧。因為救贖與美德，輪迴與涅槃也只是言辭。世上並無涅槃，涅槃只是個言辭。」

喬文達道：「涅槃不只是言辭，朋友，它是思想。」

悉達多繼續道：「它是思想，或許。親愛的，我必須承認我並不區分思想和言辭。坦率地說，較於思想，我更看重『物』。正如曾在這條船上的前輩和師長，那位聖人。多年來，他除了信奉河水，並無其他信仰。他發覺河水與他交流，於是學習河水，向它討教。河水是他的神。多年來，他並不知道每陣風、每片雲、每隻鳥、每條蟲都同樣神聖。它們所知甚多，亦可賜教，正如可敬的河水。但這位聖人在步入林中時已了悟一切。他比你我了悟得更多。他沒有教義，沒有書籍，他只信奉河水的啟迪。」

喬文達道：「可是，你所說之『物』是真實、實在的嗎？它不是瑪雅的幻象，不是圖景和假象？你的石頭、樹，你的河——它們是真實的嗎？」

悉達多道：「我並不為『物』是否虛幻而憂慮，連我也可能只是個幻象。因此，我同『物』並無區別。我因此覺得它們值得熱愛和敬重——我們並無區別。我因此熱愛它們。你一定笑話我這種說法，喬文達，對於我來說，愛乃頭等要務。審視世界、解釋世界或藐視世界，或許是思想家的事。我唯一的事，是愛這個世界。不藐視世界，不憎惡世界和自己，懷抱愛，驚嘆和敬畏地注視一切存在之物和我自己。」

「我理解。」喬文達道，「但世尊視之為虛妄之相。他宣講良善、仁慈、同情、寬容，而不是愛。他禁止我們的心桎梏於塵世之愛。」

「我知道。」悉達多道，他的笑容熠熠發光，「我知道，喬文達。你看，我們陷入見解分歧、言辭之爭。我無法否認，我的愛之言辭悖於喬達摩的法義。為此我十分懷疑言辭。因為我知道，這種悖論只是幻象。我知道，我同喬達摩信念一致。他怎會不瞭解愛。他熟稔人性的無常、空幻，卻依然深愛並傾盡一生去助佑、教導世人。在我看來，在這位偉大的導師心中，愛事物勝於愛言辭。他的作為和生命重於他的法義。他的儀態重於言論。我認為他的偉大不在他的法義中、思想中，而在他的生命中。」

兩位老人久久沉默後，喬文達鞠躬道別。他道：「我感謝你，悉達多，感謝你說出你的想法。一些奇特的想法我不能馬上領悟。順其自然。我感謝你，祝你平安！」

可他心中暗自思量的是：悉達多是位怪人。他所言甚為古怪。他的學說顯得瘋狂。世尊的精闢法義則明瞭、簡潔、易懂，不含任何古怪瘋狂或荒謬的內容。但悉達多的手腳，他的雙眼、額頭，他的微笑、問候和姿態卻不同於他的思想。自世尊佛陀步入涅槃，悉達多是唯一一位我見過的聖人，他讓我感受到他的神聖！他學說古怪，言辭瘋狂，但自從佛陀圓寂，我尚未在他人身上見到如悉達多般的目光、手足、皮膚、頭髮，他周身釋放的純潔、安寧、光明、祥和與神聖。

喬文達思量著，內心十分矛盾。愛驅使他再次向悉達多鞠躬，向這位平靜端坐之人深深致敬。

「悉達多，」他道，「我們老了，恐怕再難相見。親愛的，我認為你已尋得安寧。而我尚未收穫。敬愛的人，為我再講幾句我能領悟的話！送我上路。悉達多，我的路時常艱難，時常昏暗。」

悉達多默默地，以慣常的平靜微笑望向他。喬文達注視他的臉，帶著畏懼與渴望。他眼中寫滿痛楚，寫滿永恆的探求和永恆的失落。

悉達多看在眼裡，微笑著。

「彎下腰！」他輕聲道，「過來彎下腰！再近些，近些！吻我的額頭，喬文達！」

喬文達十分驚訝。但愛和一種預感驅使他遵照悉達多的話，彎腰湊近他，親吻他的額頭。這時，奇蹟發生了。在他仍思量悉達多古怪的言辭時，在他徒勞地試圖拋卻時間、想像涅槃與輪迴是為一體時，在他對悉達多言辭的蔑視和對他強烈的愛與敬重對峙時，發生了奇蹟：

他不再看見悉達多的臉。他看見許多旁人的臉，長長一隊。他看見一條奔騰的面孔之河。成百上千張臉生成、寂滅，又同時存在、展現。這些臉持續地改變著、更新著。卻又都是悉達多的臉。他看見魚的臉。一條將死的鯉魚不斷張開痛苦的嘴，魚眼泛白——他看見新生嬰兒的臉抽搐著，紅潤，滿是褶皺——他看見兇手的臉，看見他將匕首刺入另一人體內——他看見同一秒內兇手被捆綁著跪倒在地，劊子手一刀砍下他的頭顱——他看見赤裸的男女，以各種體位，愛恨交織著行雲雨之事——他看見橫陳的屍首，無聲，冰冷，空乏——他看見動物的頭，豬頭，鱷魚頭，象頭，牛頭，鳥頭——他看見諸神，克利須那神[25]，阿格尼神[26]——他看見千萬人和他們的臉以萬千方式交織一處。他們互助，相愛，相恨。他們寂滅，重生。他們滿是死意，滿是對無常強烈而痛苦的信奉。可他們無一人死滅，只是變化，新生，重獲新臉。並無時間位於這張臉和過去的臉之間——所有形象和臉靜止，流動，自我孕育，漂游，彼此融合。這一切之上持久迴旋著稀薄的、不實又實在之物。有如薄冰或玻璃，有如透明的皮膚或薄紗，有如一種水的形式與面具。這面具是悉達多的臉。是喬文達親吻他額頭的瞬間，他微笑的臉。喬文達看見面具的微笑，這微笑同時覆蓋千萬新生與死亡。這微笑安詳、純潔、微妙，或慈悲，或嘲弄，充滿智慧，和喬達摩的微笑一致。就像他千百次以敬畏之心親眼所見的佛陀喬達摩的千百種微笑。喬文達知道，這是圓成者之

25 Krischna，毗濕奴化身之一。
26 Agni，印度神話中的火神。

笑。

喬文達不知時間是否存在，不知這情境持續了一秒還是百年，不知是否有悉達多，有喬達摩，是否有「我」和「你」。喬文達的心似乎被神箭射中，傷口卻流著蜜。他陶醉著，釋放著喜悅。他佇立片刻後俯身望向剛剛親吻過的悉達多的臉，望向悉達多剛剛呈現了一切形象，一切將成者、存在者和過往者的臉。這張臉並未改變。萬千幻象從表面退去後，他的微笑平靜、輕柔，或慈悲，或嘲諷，正如佛陀的微笑。

喬文達深深鞠躬。淚水在不知不覺中流滿他蒼老的臉。如同火焰點燃他心中最深的愛和最謙卑的敬意。他深深地鞠躬到地，向端坐的悉達多致意。悉達多的微笑讓他憶起一生中愛過的一切，憶起一生中寶貴和神聖的一切。

譯後記

本書出版前，前輩們已為讀者奉獻過幾種優秀的《悉達多》中譯本。為此，我的翻譯工作在深感卑微中開始，結束。這一持續幾近一年的工作雖有困苦，但帶來的收穫卻難以言表。

研究德國作家、詩人、畫家赫曼．赫塞的名著《悉達多》的著作頗豐。迄今主要研究涉及兩方面：一方面為榮格的分析心理學對赫塞及《悉達多》的影響。這一研究不僅圍繞赫塞在榮格處接受心理治療的人生經歷展開，也闡明榮格的分析心理學在文本中隱匿的閃現。榮格的分析心理學和心理治療，幫助當時的赫塞走出難以承受的精神危機和生活危機，也在《悉達多》的創作遭遇困阻時寄予厚力，並為整部作品的形成作出貢獻。針對《悉達多》更為廣泛的研究落在文本中的宗教與哲學寓意上，囊括發現其中的基督教、印度教、佛教和道教精神。早期研究者將印度教作為考察該書的著眼點。魯道夫．潘衛慈[27]的著作和韓國學者李仁雄[28]的論文則最早最深刻地將調查落實到整個東方文化與宗教上。夏瑞春的著作《赫塞與中國》[29]的出版明確了這一研究方向。這一富有價值的文獻為後來者研究「赫塞與東方」打下基礎。烏蘇拉．齊的《中國智慧與〈玻璃珠遊戲〉》[30]鮮明地闡述了赫塞的中國觀。一九九〇年代的研究持續集中在東方智慧對《悉達多》的影響上，這從柳維堅的著作[31]和安德列亞斯．特勒的論文[32]中可見一斑。克里斯多夫．

---

27 Rudolf Pannwitz: Hermann Hesses West-Östliche Dichtung, Frankfurt a.M. 1957.

28 Lee Inn-Ung: Ostasiatische Anschauungen im Werk Hermann Hesses, Diss. Würzburg 1972.

29 Adrian Hsia: Hermann Hesse und China. Darstellung, Materialien und Interpretationen, Frankfurt a.M. 1974.

30 Ursula Chi: Die Weisheit Chinas und „Das Glasperlenspiel「, Frankfurt a.M. 1976.

31 Liu Weijian: Die daoistische Philosophie im Werk von Hesse, Döblin und Brecht, Bochum 1991.

32 Andreas Thele: Hermann Hesse und Elias Canetti im Lichte ostasiatischer Geistigkeit, Diss. Düsseldorf 1992/1993.

蓋爾納的論著《赫塞與東方精神性》[33]分別以精神分析、基督教、佛教、印度教、東方文明為切入口，他的闡釋令《悉達多》的研究更為深入。[34]此外，有大量中國學者致力於赫塞及其創作的研究。我借此感謝因翻譯工作而閱讀的內容龐雜的中外書籍及資料的寫作者們。

該書副題為「Eine indische Dichtung」，譯作「一首印度的詩」。儘管基於上述考查，集中於東方智慧的研究成果削弱了《悉達多》中的印度觀念。「印度」僅作為一種功能，作為東方救贖之路的一種舉證出場。但不能否認這一副題及印度對該書的重要性。「Dichtung」可譯作詩、文藝作品或文學

---

33 Christoph Gellner: Hermann Hesse und die Spiritualität des Ostens, Düsseldorf 2005.

34 本段「研究概況」部分選譯自 Tanja Eisentraut 的論文《佛教對赫爾曼・赫塞的〈悉達多〉的影響》（Einfluss des Buddhismus auf Hermann Hesses Siddhartha）中的第二節。出自 http://www.mythos-magazin.de。特此聲明並感謝。

創作。稱之為「詩」的考量是：詩對美的理想，詩的包容性以及該書中廣泛的詩意。赫塞的語言是美的——《悉達多》是一部完全是詩的、充滿歌詠性、音樂性的，光彩奪目的傑作。儘管我的譯文不能完全實現赫塞的詩意，但其詩的本性與精神顯而易見。

「印度是沉醉於上帝的國度和民族。」[35]在我有限的印度之旅中，赫塞的《悉達多》一直陪伴我（那時我卻不知道自己能在未來翻譯它）。在恆河邊沐浴禪定的虔敬者身上，在一無所有、黢黑瘦削的沙門身上，在販賣精油和香料的商人家中，在一雙坐於門墩上調情的男女的眉宇間，在一個孩子清澈無辜的大眼中，在黃昏的河畔，一對時而傾心交談時而沉默不語的印度青年的背影中，或在一棵樹、一塊石、一片葉、一捧沙中，我看見悉達多。我

35 林語堂語。出自《印度的智慧》（簡體中文），林語堂著，楊彩霞譯。陝西師範大學出版社，二〇〇八年。

所見的，和我所讀的，交響著，打動我——真是奇妙的旅程與恩典！我內心的讚美與悸動或許召喚了翻譯該書這一命運——這些影像，深刻地保留在我的腦海，並在日後的翻譯過程中不斷得到清晰的再現。

伴隨赫塞的書寫，我也在悉達多的步履中經歷他的告別：告別雙親及家園，告別朋友及老師，告別佛陀，告別摯愛，告別舊我。這些殘酷的告別或許是人生真相，或許是獲得神性自我，獲得對萬物、對人、對世界更為廣大的寬容與愛的必經之路。我看見佛陀。他光明圓滿，神聖溫柔。我看見他莊嚴、永恆而迷人的微笑。當悉達多陰鬱地走進芒果園，感受胸中的痛苦和死意時，我看見耶穌在客西馬尼園中痛飲最後憂傷的一杯，幾乎要死，在孤苦和驚恐中渴望一絲屬人的警醒與陪伴。在河水的詠唱中，我聽見一部巴哈的彌撒[36]，聽見至高者的死與復活，聽見一個人的愛與受難的一生……

我希望我曾誠實地讚美過。希望我親愛的讀者能在閱讀中有所觸動。我感謝編輯、出版人，感謝在翻譯過程中給予幫助和鼓勵的老師和朋友們。

姜乙

二〇一六年十一月於北京

36 「寫給巴哈的詩並非來自音樂，而是來自畫面。這種誘發心靈強烈訴求的音樂有如創世之光。我看見它照耀在一片混沌之上，將幻境與影像帶到世間。光明與黑暗，立體的，臨在的，和隱喻的。它是一種活躍的行進。在巴哈的音樂中已經存在了一個完美而卓越無暇的宇宙。」——赫塞精通音樂。這段文字譯自赫曼・赫塞一九三五年六月致卡洛・伊森伯格（Carlo Isenberg，本名 Karl Hermann Isenberg，赫塞的侄子）的信件。獻給讀者。

【附錄】

赫曼．赫塞生平及創作年表

一八七七 七月二日赫曼．赫塞出生於德國符騰堡的卡爾夫。父親約翰內斯．赫塞（一八四七－一九一六年）是傳教士，後來擔任「卡爾夫出版聯合會」主席。母親瑪麗（一八四二－一九〇二年）是著名印度學家赫曼．貢德特的長女。父母在印度傳教多年。赫塞家中，開放的世界性和宗教教育並存。赫曼．赫塞有姊姊阿德蕾、妹妹瑪麗、弟弟漢斯。

一八八一 舉家遷居瑞士巴塞爾。赫塞在教會的男童學校上學，只能在星期日回家。一八八三年，其父取得瑞士國籍（之前是俄國國籍）。

一八八六 遷回卡爾夫，住在外祖父家。這棟老宅以及卡爾夫周圍的景色多次出現在赫塞的小說中。

一八九〇 在格平根的拉丁文學校學習，準備參加符騰堡州的考試，以求能在「圖賓根教會學校」接受免費的神學教育。作為國民學校的學生，赫塞必須放棄瑞士國籍，因此他的父親在一八九〇年十一月在符騰堡為他申請到德國國籍。

一八九二　三月七日逃離茅爾布隆學校，因為少年赫塞只想成為詩人。外祖父戲稱這是一次天才之旅。逃離後第二天被送回學校，可是強烈的內心矛盾使少年赫塞不斷生病，情況嚴重，五月終至退學；六月赫塞試圖自殺；六月到八月進斯特藤的精神病院療養；之後在坎施塔特高級文理中學學習。

一八九三　四月外祖父去世。赫塞的學校生活雖不平靜，但他還是於七月份通過了一年志願考試。不過無法繼續學業，只得再次輟學。十月在一家書店當了三天學徒，後來便留在家中。

一八九四　從六月到次年九月在卡爾夫的塔樓鐘錶廠當學徒；計畫移居巴西。

一八九五　在圖賓根一家書店當學徒，一做三年。

一八九六　在《德國詩人之家》（*Das deutsche Dichterheim*）上首次發表詩歌。

一八九八　結束書店學徒生活。十月第一本詩集《浪漫之歌》（*Romantische Lieder*）出版。

一八九九　六月散文集《午夜後一小時》（*Eine Stunde hinter Mitternacht*）出版；移居巴塞爾，直到一九〇一年一月都在書店做助手。

一九〇〇　為《瑞士彙報》（*Allgemeine Schweizer Zeitung*）撰寫文章和文藝評論，開始贏得一定聲譽。

一九〇一　三月到五月第一次義大利之行；從一九〇一年八月到一九〇三年春季，在巴塞爾的一家舊書店賣書；《赫曼·勞舍爾遺留的文稿和詩歌》（*Die Hinterlassenen Schriften und Gedichte von Hermann*

Lauscher）出版。

一九〇二 獻給母親的《詩集》（*Gedichte*）出版，可惜母親未能親見兒子的新書。

一九〇三 放棄書店工作之後第二次去義大利旅行，同行的還有瑪麗亞·貝爾努利，她與赫塞在三月訂婚；《卡門欽得》（*Camenzind*）的手稿完成，受菲舍爾出版社（S.Fischer Verlag）的邀請寄到了柏林；十月開始撰寫《車輪下》（*Unterm Rad*）。

一九〇四 《彼得·卡門欽得》（*Peter Camenzind*）由菲舍爾出版社出版，赫塞一舉成名；與瑪麗亞·貝爾努利結婚，搬進巴登湖畔的一家農舍；成為職業作家，為許多報紙和雜誌撰寫文章；傳記研究《薄伽丘》（*Boccacio*）和《法蘭茲·馮·阿西斯》（*Franz von Assisi*）出版。

一九〇五　十二月兒子布魯諾出生。

一九〇六　小說《車輪下》（寫於一九〇三－一九〇四年）由菲舍爾出版社出版；成立反對威廉二世專制統治、宣傳自由思想的雜誌《三月》（*März*），赫塞擔任編委之一直至一九一二年。

一九〇七　短篇小說集《此岸》（*Diesseits*）由菲舍爾出版社出版。

一九〇八　短篇小說集《鄰居》（*Nachbarn*）由菲舍爾出版社出版。

一九〇九　三月，二兒子海納出生；赫塞進行了第一次巡迴德國的作品朗誦會。

一九一〇　小說《蓋特露德》（*Gertrud*）出版。

一九一一　七月，三兒子馬丁出生；詩集《途中》（*Unterwegs*）出版；九月到十二月與畫家好友漢斯．施圖爾策內格（Hans Sturzenegger）一起到印度旅行。

一九一二 短篇小說集《彎路》（*Umwege*）由菲舍爾出版社出版；前往維也納、布拉格、布爾諾和德勒斯登巡迴作品朗誦；全家遷居伯恩，住在已故好友畫家阿爾伯特·韋爾蒂（Albert Welti）的房子裡。

一九一三 《印度箚記》（*Aus Indien*）由菲舍爾出版社出版。

一九一四 小說《羅斯哈爾德》（*Rosshalde*）由菲舍爾出版社出版；兒子馬丁患神經方面的疾病；十一月三日，《啊，朋友們，不要唱這調子！》（*O Freunde, nicht diese Töne*）在《新蘇黎世報》上發表，帶來德國民族主義者的仇視與謾罵。也因為這篇文章，羅曼·羅蘭開始與赫塞通信，並結下深厚的友誼。

一九一五 《克努爾普》（*Knulp*）由菲舍爾出版社出版；詩集《孤獨者的音樂》（*Musik des Einsamen*）出版；短篇小說集《路邊》（*Am Weg*）出版；短篇小說集《美妙少年時》（*Schön ist die Jugend*）由

菲舍爾出版社出版。

一九一六　父親去世，妻子開始出現精神分裂，加上小兒子的病痛讓赫塞精神崩潰；首次接受心理治療，醫師是榮格的學生朗格（J. B. Lang）。

一九一七　別人建議赫塞停止寫批評時事的文章；首次匿名在報紙和雜誌上發表文章，筆名為「艾米爾・辛克萊」（Emil Sinclair）；開始寫《德米安》（*Demian*）。

一九一九　匿名出版政治宣傳手冊《查拉圖斯特拉歸來》（*Zarathustras Wiederkehr*）；家庭破碎，與在精神病院的妻子分居，孩子托友人和親戚照顧；離開伯恩，遷往位於瑞士蒙塔涅拉／提契諾的卡木齊居，開始長年的獨居生活；隨筆和詩歌集《小花園》（*Kleiner Garten*）出版；小說《德米安》由菲舍爾出版社出版，採用筆名艾米爾・辛克萊；文集《童話》（*Märchen*）由菲舍爾出版社出版；創建並主編出版雜誌《我向活人召喚》（*Vivos voco*）。

一九二〇 《畫家的詩》（*Gedichte des Malers*）出版，收錄了十首附有水彩畫的詩；杜思妥耶夫斯基評論集《窺探混沌》（*Blick ins Chaos*）出版；小說集《克林索爾的最後一個夏天》（*Klingsors letzter Sommer*）由菲舍爾出版社出版。

一九二一 《詩選》（*Ausgewählte Gedichte*）由菲舍爾出版社出版；創作《流浪者之歌》（*Siddhartha*）的過程中經歷創作危機；榮格為他作心理分析。

一九二二 《流浪者之歌》由菲舍爾出版社出版。

一九二三 《辛克萊的筆記》（*Sinclairs Notizbuch*）出版；六月與瑪麗亞・貝爾努利離婚。

一九二四　放棄德國國籍，重新成為瑞士公民；與女作家麗莎．溫格（Lisa Wenger）的女兒露特．溫格（Ruth Wenger）結婚。

一九二五　《療養客》（*Kurgast*）由菲舍爾出版社出版。這是一部半真實半虛構的自傳體散文，可以說是赫塞最幽默的作品；到烏爾姆、慕尼克、奧格斯堡和紐倫堡舉辦朗誦會。

一九二六　散文集《圖畫集》（*Bilderbuch*）由菲舍爾出版社出版；當選為普魯士藝術學院院士；結識妮儂．多爾賓（Ninon Dolbin）。

一九二七　《紐倫堡之旅》（*Die Nürnberger Reise*）和《荒野之狼》（*Steppenwulf*）由菲舍爾出版社出版；赫塞五十歲生日，首部赫塞傳記出版，作者為胡戈．巴爾（Hugo Ball）；與露特．溫格離婚。

一九二八　散文集《沉思錄》（*Betrachtungen*）和詩集《危機》（*Krisis*）由

菲舍爾出版社出版。

一九二九 詩集《夜之慰藉》（*Trost der Nacht*）和《世界文學文庫》（*Eine Bibliothek der Weltliteratur*）由菲舍爾出版社出版。

一九三〇 小說《納爾齊斯和哥德蒙特》（*Narziß und Goldmund*）由菲舍爾出版社出版；退出普魯士藝術學院，托瑪斯·曼挽留未果。

一九三一 十一月與妮儂·多爾賓結婚。

一九三二 小說《東方之旅》（*Die Morgenlandfahrt*）由菲舍爾出版社出版；開始寫作《玻璃球遊戲》（*Das Glasperlenspiel*），這部小說從初稿到成書用了十二年的時間。

一九三三 短篇小說集《小世界》（*Kleine Welt*）由菲舍爾出版社出版。

一九三四 當選瑞士作家協會會員，該協會的成立主要是為了更好地抵制納粹的文化政策，為流亡同人提供更有效的幫助可能；詩選《生命之樹》（*Vom Baum des Lebens*）出版。

一九三五　短篇小說集《幻想故事書》（*Fabulierbuch*）由菲舍爾出版社出版；由於政治原因菲舍爾出版社分裂為兩個部分，一部分位於德國境內，由彼得．蘇爾坎普領導，另一部分則是由戈特弗里德．貝爾曼．菲舍爾率領的流亡出版社，位於維也納；納粹有關當局不允許流亡出版社將赫塞作品的版權帶到國外。

一九三六　三月獲凱勒文學獎；六音步詩《花園裡的時光》（*Stunden im Garten*）仍由維也納的戈特弗里德．貝爾曼．菲舍爾出版社（Bermann-Fischers Verlag）出版；九月與彼得．蘇爾坎普第一次接觸。

一九三七　《紀念冊》（*Gedenkblötter*）和《新詩集》（*Neue Gedichte*）由柏林的蘇爾坎普．菲舍爾出版社（S. Fischer Verlag Berlin）出版；

《跛腳少年》（*Der lahme Knabe*）在蘇黎世作為內部出版物出版，由畫家阿爾弗萊德·庫賓配以插圖。

一九三九—一九四五年 赫塞的作品在德國遭禁。《車輪下》、《荒野之狼》、《沉思錄》、《納爾齊斯和哥德蒙特》和《世界文學文庫》均不得再版；蘇爾坎普·菲舍爾出版社已經著手的《赫塞文集》不得不轉到瑞士的弗萊茨&瓦斯穆特出版社（Fretz & Wasmuth Verlag）。

一九四二 位於柏林的蘇爾坎普·菲舍爾出版社出版《玻璃球遊戲》的申請被拒絕；赫塞的第一部詩歌全集《詩集》（*Die Gedichte*）由蘇黎世的弗萊茨&瓦斯穆特出版社出版。

一九四三 《玻璃球遊戲》由蘇黎世的弗萊茨&瓦斯穆特出版社出版。

一九四四 赫塞的出版人蘇爾坎普被蓋世太保逮捕。

一九四五　未完成的長篇小說《貝特霍爾德》（*Berthold*）以及新小說和童話集《夢之旅》（*Traumfährte*）由蘇黎世的弗萊茨＆瓦斯穆特出版社出版。

一九四六　評論集《戰爭與和平》（*Krieg und Frieden*）由蘇黎世的弗萊茨＆瓦斯穆特出版社出版，收錄了自一九一四年以來對戰爭和政治的沉思。之後，赫塞的作品在德國可以再次出版；獲歌德文學獎；獲諾貝爾文學獎。

一九四七　被伯恩大學授予榮譽博士稱號。

一九五〇　鼓勵並促成彼得．蘇爾坎普成立自己的出版社。

一九五一　《晚年散文集》（*Späte Prosa*）和《書信集》（*Briefe*）由蘇爾坎普出版社（Suhrkamp Verlag）出版。

一九五四　童話《皮克多變形記》（*Piktors Verwandlungen*）由蘇爾坎普出版

社出版；《赫塞－羅曼·羅蘭書信集》（*Der Briefwechsel: Hermann Hesse/Romain Rolland*）由蘇黎世的弗萊茨&瓦斯穆特出版社出版。

一九五七　《赫塞文集》（*Gesammelte Schriften*）由蘇爾坎普出版社出版，共七卷。

一九六一　舊詩和新詩選集《階段》（*Stufen*）由蘇爾坎普出版社出版。

一九六二　《紀念冊》由蘇爾坎普出版社出版，相較於一九三七年的版本多收集了十五篇文章；七月二日八十五歲生日；八月九日在蒙塔涅拉去世。

悉達多：一首印度的詩（流浪者之歌）
Siddhartha: Eine indische Dichtung

作　　者　赫曼·赫塞（Hermann Hesse）
翻　　譯　姜乙
封面設計　莊謹銘
內頁排版　高巧怡
行銷企劃　蕭浩仰、江紫涓
行銷統籌　駱漢琦
業務發行　邱紹溢
營運顧問　郭其彬
責任編輯　劉文琪
總 編 輯　李亞南
出　　版　漫遊者文化事業股份有限公司
地　　址　台北市103大同區重慶北路二段88號2樓之6
電　　話　(02) 2715-2022
傳　　真　(02) 2715-2021
服務信箱　service@azothbooks.com
網路書店　www.azothbooks.com
臉　　書　www.facebook.com/azothbooks.read
營運統籌　大雁文化事業股份有限公司
地　　址　新北市231新店區北新路三段207-3號5樓
電　　話　(02) 8913-1005
訂書傳真　(02) 8913-1056
初版一刷　2021年11月
初版五刷 (1)　2024年3月
定　　價　台幣280元

國家圖書館出版品預行編目 (CIP) 資料

悉達多：一首印度的詩(流浪者之歌)/ 赫曼. 赫塞(Hermann Hesse) 著；姜乙譯. -- 初版. -- 臺北市：漫遊者文化事業股份有限公司出版：大雁文化事業股份有限公司發行, 2021.11
　面；　公分
譯自：Siddhartha : eine indische Dichtung
ISBN 978-986-489-525-0(平裝)
875.57　　　110015967

ISBN　978-986-489-525-0